VICENTE ALEIXANDRE

DIE ZERSTÖRUNG ODER DIE LIEBE

LA DESTRUCCIÓN O EL AMOR

SPANISCH UND DEUTSCH

ÜBERTRAGUNG UND NACHWORT
VON FRITZ VOGELGSANG

KLETT-COTTA

Die Originalausgabe erschien 1935 in Madrid
unter dem Titel „La destrucción o el amor“

Printed in Germany 1978
Einbandgestaltung und Typographie: Heinz Edelmann
Gesamtherstellung: Wilhelm Röck, Weinsberg
ISBN 3-12-900141-7

1

Allá por las remotas
luces o aceros aún no usados,
tigres del tamaño del odio,
leones como un corazón hirsuto,
sangre como la tristeza aplacada,
se baten con la hiena amarilla que toma la forma del poniente
insaciable.
Largas cadenas que surten de los lutos,
de lo que nunca existe,
atan el aire como una vena, como un grito, como un reloj
que se para
cuando se estrangula algún cuello descuidado.

Oh la blancura súbita,
las ojeras violáceas de unos ojos marchitos,
cuando las fieras muestran sus espadas o dientes
como latidos de un corazón que casi todo lo ignora,
menos el amor,
al descubierto en los cuellos allá donde la arteria golpea,
donde no se sabe si es el amor o el odio
lo que reluce en los blancos colmillos.

Acariciar la fosca melena
mientras se siente la poderosa garra en la tierra,
mientras las raíces de los árboles, temblorosas,
sienten las uñas profundas
como un amor que así invade.

Mirar esos ojos que sólo de noche fulgen,
donde todavía un cervatillo ya devorado
luce su diminuta imagen de oro nocturno,
un adiós que centellea de póstuma ternura.

El tigre, el león cazador, el elefante que en sus colmillos lleva
algún suave collar,

Dort zwischen den fernen
Strahlen oder Stahlklingen, noch nie benutzt,
Tiger von der Größe des Hasses,
Löwen wie ein struppiges Herz,
Blut wie die beschwichtigte Schwermut,
sie kämpfen mit der gelben Hyäne, welche die Gestalt des unersättlich
sinkenden Abends annimmt.
Lange Ketten, die aus Trauerfloren quellen,
aus dem, was niemals da ist,
schnüren die Luft wie eine Ader, wie einen Schrei, wie eine Uhr,
die stehenbleibt,
wenn erwürgt wird irgendein argloser Hals.

Oh, das plötzliche Weiß,
die violetten Ringe um verwelkte Augen,
wenn die wilden Tiere ihre Degen oder Zähne zeigen
wie Schläge eines Herzens, das fast nichts kennt
außer der Liebe,
entblößt an den Hälsen, dort, wo die Schlagader pocht,
wo man nicht weiß, ob es die Liebe ist oder der Haß,
was schimmert an den weißen Reißzähnen.

Streicheln die düstere Mähne,
während man die mächtige Pranke am Boden fühlt,
während die Wurzeln der Bäume erzitternd
fühlen die tiefen Krallen
wie eine Liebe, die damit eindringt.

Schauen diese Augen, die nächtens nur erglänzen,
wo noch ein Hirschkalb, bereits verschlungen,
leuchten läßt sein winziges Bildnis aus nächtlichem Gold,
ein Abschiedsgruß, funkelnd von hinterlassener Zärtlichkeit.

Der Tiger, der beutegierige Löwe, der Elefant, der in den Stoßzähnen
ein schmiegsames Halsgeschmeide trägt,

la cobra que se parece al amor más ardiente,
el águila que acaricia a la roca como los sesos duros,
el pequeño escorpión que con sus pinzas sólo aspira a oprimir
un instante la vida,
la menguada presencia de un cuerpo de hombre que jamás
podrá ser confundido con una selva,
ese piso feliz por el que viborillas perspicaces hacen su nido
en la axila del musgo;
mientras la pulcra coccinela
se evade de una hoja de magnolia sedosa...
Todo suena cuando el rumor del bosque siempre virgen
se levanta como dos alas de oro,
élitros, bronce o caracol rotundo,
frente a un mar que jamás confundirá sus espumas con las
ramillas tiernas.

La espera sosegada,
esa esperanza siempre verde,
pájaro, paraíso, fasto de plumas no tocadas,
inventa los ramajes más altos,
donde los colmillos de música,
donde las garras poderosas, el amor que se clava,
la sangre ardiente que brota de la herida,
no alcanzará, por más que el surtidor se prolongue,
por más que los pechos entreabiertos en tierra
proyecten su dolor o su avidez a los cielos azules.

Pájaro de la dicha,
azul pájaro o pluma,
sobre un sordo rumor de fieras solitarias,
del amor o castigo contra los troncos estériles,
frente al mar remotísimo que como la luz se retira.

die Kobra, die der glühheißen Liebe gleicht,
der Adler, der sanft den Felsen streift wie das harte Gehirn,
der kleine Skorpion, der mit seinen Zangen nur einen Augenblick
das Leben zu umklammern sucht,
die dürftige Erscheinung eines Menschenkörpers, der niemals mit
einem Urwald vermengt werden kann,
diesem Glücksboden, wo scharfsichtige kleine Schlangen in der
Achselhöhle des Mooses nisten;
während der blanke Marienkäfer
von einem Blatt der seidig weichen Magnolie entflieht...
Alles tönt, wenn das Rauschen des immer jungfräulichen Waldes
sich erhebt wie zwei Schwingen aus Gold,
Deckflügel, Glockenbronze oder gerundetes Muschelhorn,
vor einem Meer, das seine Schaumkronen nie vermengen wird mit
dem zarten Gezweig.

Das Warten in Gelassenheit,
diese immergrüne Erwartung,
Vogel, Paradies, Pracht des Gefieders, noch nie berührt,
erfindet die höchsten Wipfel,
wohin die Reißzähne aus Musik,
wohin die mächtigen Pranken, die Liebe, die sich einbohrt,
das heiße Blut, das aus der Wunde aufspritzt,
nicht hinaufreichen wird, so sehr die Fontäne auch steigt,
so sehr die Brusthöhlen, klaffend auf der Erde,
hinaufschleudern ihren Schmerz oder ihre Gier gegen die blauen Himmel.

Vogel des Glücks,
blauer Vogel oder Feder
über einem dumpfen Knurren von einsamen wilden Tieren,
von der Liebe oder Strafe, wütend gegen die fruchtlosen Stämme,
vor dem sehr fernen Meer, das wie das Licht sich davonmacht.

Yo te he querido como nunca.
Eras azul como noche que acaba,
eras la impenetrable caparazón del galápago
que se oculta bajo la roca de la amorosa llegada de la luz.
Eras la sombra torpe
que cuaja entre los dedos cuando en tierra dormimos
solitarios.

De nada serviría besar tu oscura encrucijada de sangre
alterna,
donde de pronto el pulso navegaba
y de pronto faltaba como un mar que desprecia a la arena.
La sequedad viviente de unos ojos marchitos,
de los que yo veía a través de las lágrimas,
era una caricia para herir las pupilas,
sin que siquiera el párpado se cerrase en defensa.

Cuán amorosa forma
la del suelo las noches del verano
cuando echado en la tierra se acaricia este mundo que rueda,
la sequedad oscura,
la sordera profunda,
la cerrazón a todo,
que transcurre como lo más ajeno a un sollozo.

Tú, pobre hombre que duermes
sin notar esa luna trunca
que gemebunda apenas si te roza;
tú, que viajas postrero
con la corteza seca que rueda entre tus brazos,
no beses el silencio sin falla por donde nunca
a la sangre se espía,
por donde será inútil la busca del calor
que por los labios se bebe

SUCHE NICHT, NEIN

Ich hab dich geliebt wie nie zuvor.
Du warst bläulich wie die Nacht, die zu Ende geht,
du warst der undurchdringliche Panzer der Schildkröte,
die sich verbirgt unterm Felsen vor dem liebevollen Nahen des Lichts.
Du warst der dumpfe Schatten,
der zwischen den Fingern gerinnt, wenn wir einsam auf dem
    Erdboden schlafen.

Nichts würde es nützen, das dunkle Wegekreuz deines Wechselbluts
    zu küssen,
wo plötzlich der Puls einherschiffte
und plötzlich nicht mehr da war wie ein Meer, das den Strand verschmäht.
Die lebendige Dürre von welken Augen,
von Augen, die ich durch Tränen hindurch sah,
war eine Zärtlichkeit, die Pupillen zu versehren,
ohne daß auch nur das Lid zum Schutz sich schloß.

Welch liebevolle Form,
die des Bodens während der Nächte im Sommer,
wenn man, auf der Erde liegend, liebkost diese Welt, die sich dreht,
die dunkle Dürre,
die tiefe Taubheit,
die Verschlossenheit gegen alles,
die dahingeht, völlig fremd einem Seufzer.

Du, armer Mensch, der du schläfst,
ohne den verstümmelten Mond zu beachten,
der aufseufzt, kaum daß er dich streift,
du, der du als letzter unterwegs bist
mit der trockenen Borke, die sich dreht zwischen deinen Armen,
küsse nicht das vollkommene Schweigen, wo nie
das Blut erspäht wird,
wo vergeblich sein wird die Suche nach der Wärme,
die man trinkt mit den Lippen

y hace fulgir el cuerpo como con una luz azul si la noche
es de plomo.

No, no busques esa gota pequeñita,
ese mundo reducido o sangre mínima,
esa lágrima que ha latido
y en la que apoyar la mejilla descansa.

und die den Leib erglänzen läßt wie von einem blauen Licht, wenn
die Nacht aus Blei ist.

Nein, suche nicht diesen winzigen Tropfen,
diesen Rest von Welt oder das letzte bißchen Blut,
diese Träne, die gepulst hat
und an die, einen Halt zu finden, die Wange sich legt.

La realidad que vive
en el fondo de un beso dormido,
donde las mariposas no se atreven a volar
por no mover el aire tan quieto como el amor.

Esa feliz transparencia
donde respirar no es sentir un cristal en la boca,
no es respirar un bloque que no participa,
no es mover el pecho en el vacío
mientras la cara cárdena se dobla como la flor.

No.
La realidad vivida
bate unas alas inmensas,
pero lejos – no impidiendo el blando vaivén de las flores en
que me muevo,
ni el transcurso de los gentiles pájaros
que un momento se detienen en mi hombro por si acaso . . .

El mar entero, lejos, único,
encerrado en un cuarto,
asoma unas largas lenguas por una ventana donde el cristal
lo impide,
donde las espumas furiosas amontonan sus rostros
pegados contra el vidrio sin que nada se oiga.

El mar o una serpiente,
el mar o ese ladrón que roba los pechos,
el mar donde mi cuerpo
estuvo en vida a merced de las ondas.

La realidad que vivo,
la dichosa transparencia en que nunca al aire lo llamaré
unas manos,
en que nunca a los montes llamaré besos

Die Wirklichkeit, die lebt
auf dem Grund eines eingeschlummerten Kusses,
wo die Falter nicht zu fliegen wagen,
um die Luft nicht zu bewegen, Luft, so ruhig wie die Liebe.

Diese glückliche Klarheit,
wo atmen nicht heißt: einen Kristall fühlen im Mund,
atmen nicht heißt: ein Block, der nicht teilhat,
nicht heißt: die Brust bewegen im Leeren,
während das schwarzviolette Gesicht vornüber sinkt wie die Blüte.

Nein.
Die gelebte Wirklichkeit
schlägt mit riesigen Flügeln,
fern jedoch, ohne das sanfte Schwanken der Blüten zu stören,
unter denen ich mich bewege,
oder das Vorüberstreichen der artigen Vögel,
die einen Augenblick innehalten auf meiner Schulter für den Fall, daß...

Das ganze Meer, fern, einzig,
eingeschlossen in einem Zimmer,
zeigt lange Zungen durch ein Fenster, wo das Glas ihm
wehrt,
wo die wütenden Gischtwogen ihre Gesichter gehäuft
gegen die Scheibe drängen, ohne den geringsten Laut.

Das Meer oder eine Schlange,
das Meer oder dieser Dieb, der die Brüste raubt,
das Meer, wo mein Körper
zu Lebzeiten war, ausgeliefert den Wellen.

Die Wirklichkeit, die ich lebe,
die selige Klarheit, in der ich niemals die Luft Hände nennen
werde,
in der ich niemals die Berge Küsse nennen werde

ni a las aguas del río doncella que se me escapa.
La realidad donde el bosque no puede confundirse
con ese tremendo pelo con que la ira se encrespa,
ni el rayo clamoroso es la voz que me llama
cuando – oculto mi rostro entre las manos – una roca a la vista
del águila puede ser una roca.

La realidad que vivo,
dichosa transparencia feliz en la que el sonido de una túnica,
de un ángel o de ese eólico sollozo de la carne,
llega como lluvia lavada,
como esa planta siempre verde,
como tierra que, no calcinada, fresca y olorosa,
puede sustentar unos pies que no agravan.

Todo pasa.
La realidad transcurre
como un pájaro alegre.
Me lleva entre sus alas
como pluma ligera.
Me arrebata a la sombra, a la luz, al divino contagio.
Me hace pluma ilusoria
que cuando pasa ignora el mar que al fin ha
podido:
esas aguas espesas que como labios negros ya borran lo
distinto.

noch die Wasser des Flusses Jungfrau, die mir entrinnt.
Die Wirklichkeit, wo der Wald nicht zu verwechseln ist
mit dem schauerlichen Haar, womit der Zorn sich sträubt,
und der dröhnende Blitz nicht die Stimme ist, die mich ruft,
wenn – verborgen mein Gesicht zwischen den Händen – ein Fels
    für die Augen des Adlers ein Fels sein kann.

Die Wirklichkeit, die ich lebe,
selige, glückliche Klarheit, in der das Rauschen von einem langen Gewand,
von einem Engel oder von diesem Äolsschluchzen des Fleisches,
hereindringt wie ein reingewaschener Regen,
wie diese immer grünende Pflanze,
wie Erde, die unversengt, frisch und duftend,
Füße tragen kann, die nicht drückend lasten.

Alles geht vorbei.
Die Wirklichkeit verstreicht
wie ein fröhlicher Vogel.
Er nimmt mich mit zwischen seinen Flügeln
wie eine leichte Feder.
Er entreißt mich dem Schatten, dem Licht, der göttlichen Ansteckung.
Er macht mich zur Traumfeder,
die vorübertreibend das Meer nicht beachtet, das am Ende die Macht
    erlangt hat:
diese massigen Wasser, die als schwarze Lippen alle Verschiedenheit
    löschen.

NOCHE SINFÓNICA

La música pone unos tristes guantes,
un velo por el rostro casi transparente,
o a veces, cuando la melodía es cálida,
se enreda en la cintura penosamente como una forma de
    hierro.

Acaso busca la forma de poner el corazón en la lengua,
de dar al sueño cierto sabor azul,
de modelar una mano que exactamente abarque el talle
y si es preciso nos seccione como tenues lombrices.

Las cabezas caerían sobre el césped vibrante,
donde la lengua se detiene en un dulce sabor a violines,
donde el cedro aromático canta
como perpetuos cabellos.

Los pechos por tierra tienen forma de arpa,
pero cuán mudamente ocultan su beso,
ese arpegio de agua que hacen unos labios
cuando se acercan a la corriente mientras cantan las liras.

Ese transcurrir íntimo,
la brevísima escala de las manos al rodar:
qué gravedad la suya cuando, partidas ya las muñecas,
dejan perderse su sangre como una nota tibia.

Entonces por los cuellos dulces melodías aún circulan,
hay un clamor de violas y estrellas
y una luna sin punta, roto el arco,
envía mudamente sus luces sin madera.

Qué tristeza un cuerpo deshecho de noche, qué silencio,
qué remoto gemir de inoíbles tañidos,
qué fuga de flautas blancas como el hueso
cuando la luna redonda se aleja sin oído.

Die Musik zieht traurige Handschuhe an,
zieht einen Schleier, durchsichtig fast, sich übers Gesicht,
oder zuweilen, wenn die Melodie sich erhitzt,
schnürt sie sich peinvoll ein über den Hüften, als wäre sie aus
Eisen geformt.

Vielleicht sucht sie die Art, wie man das Herz auf die Zunge legt,
wie man dem Traum einen gewissen blauen Geschmack gibt,
wie man eine Hand modelliert, die genau die Taille umspannt
und uns, wenn nötig, wie dünne Würmer zerteilt.

Die Köpfe würden auf den erbebenden Rasen fallen,
wo die Zunge verweilt in einem süßen Geschmack nach Violinen,
wo die wohlriechende Zeder singt
wie unaufhörliche Haare.

Die Brustkörbe auf der Erde haben Harfenform,
doch wie stumm verbergen sie ihren Kuß,
dies Wasserharfengeriesel, das Lippen machen,
wenn sie der Strömung sich nähern, während die Leiern singen.

Dieses innige Verrinnen,
die winzig enge Skala der kreisenden Hände:
welcher Ernst ist in ihnen, wenn sie, schon abgehackt die Gelenke,
willig ihr Blut verlieren wie eine laue Note.

Dann winden sich liebliche Melodien noch in den Hälsen,
ein Klagen ertönt von Violen und Sternen,
und ein Mond ohne Spitze, zerbrochen der Bogen,
schickt stumm seine Strahlen ohne Holz.

Wie traurig ein Körper, zerfallen bei Nacht, welch ein Schweigen,
welch fernes Stöhnen unhörbarer Klänge,
welche Flucht von Flöten, weiß wie das Gebein,
wenn der runde Mond sich davonmacht ohne Gehör.

Cuerpo feliz que fluye entre mis manos,
rostro amado donde contemplo el mundo,
donde graciosos pájaros se copian fugitivos,
volando a la región donde nada se olvida.

Tu forma externa, diamante o rubí duro,
brillo de un sol que entre mis manos deslumbra,
cráter que me convoca con su música íntima,
con esa indescifrable llamada de tus dientes.

Muero porque me arrojo, porque quiero morir,
porque quiero vivir en el fuego, porque este aire de fuera
no es mío, sino el caliente aliento
que si me acerco quema y dora mis labios desde un fondo.

Deja, deja que mire, teñido del amor,
enrojecido el rostro por tu purpúrea vida,
deja que mire el hondo clamor de tus entrañas
donde muero y renuncio a vivir para siempre.

Quiero amor o la muerte, quiero morir del todo,
quiero ser tú, tu sangre, esa lava rugiente
que regando encerrada bellos miembros extremos
siente así los hermosos límites de la vida.

Este beso en tus labios como una lenta espina,
como un mar que voló hecho un espejo,
como el brillo de un ala,
es todavía unas manos, un repasar de tu crujiente pelo,
un crepitar de la luz vengadora,
luz o espada mortal que sobre mi cuello amenaza,
pero que nunca podrá destruir la unidad de este mundo.

EINHEIT IN IHR

Glücklicher Leib, der zwischen den Händen mir fließt,
geliebtes Gesicht, wo ich die Welt betrachte,
wo Vögel voll Anmut flüchtend sich spiegeln
auf dem Flug in die Zone, wo nichts vergessen wird.

Deine äußere Gestalt, Diamant oder harter Rubin,
Glanz einer Sonne, die zwischen den Händen mir gleißt,
Krater, der mich anlockt mit seiner Musik von innen,
mit diesem nicht zu deutenden Ruf deiner Zähne.

Ich sterbe, weil ich mich stürze, weil ich sterben will,
weil ich leben will im Feuer, weil diese Luft draußen
nicht die meine ist, sondern der heiße Atem,
der, wenn ich nahe, mir die Lippen golden versengt aus einer Tiefe.

Laß mich, laß mich dich anschaun, gefärbt von der Liebe,
gerötet mein Gesicht von deinem purpurnen Leben,
laß mich schauen das tiefe Rauschen deines Leibesinnern,
wo ich sterbe und dem Leben entsage für immer.

Ich will Liebe oder den Tod, will sterben ganz und gar,
ich will du sein, dein Blut, diese tosende Lava,
die drinnen, eingeschlossen, herrliche Glieder durchströmt
und so erfühlt die schönen Grenzen des Lebens.

Dieser Kuß auf deinen Lippen, wie ein langsamer Stachel,
wie ein Meer, das zum Spiegel verwandelt aufflog,
wie der Glanz eines Flügels,
ist noch immer zwei Hände, ein Wühlen in deinem knisternden Haar,
ein Prasseln von rachegierigem Licht,
Licht oder todbringendem Schwert, das droht über meinem Hals,
aber niemals zerstören kann die Einheit dieser Welt.

El mar castiga el clamor de las botas en seco
que pasan sin miedo de pisar a los rostros,
a aquellos que besándose sobre la arena lisa
toman formas de conchas de dos en dos cerradas.

El mar bate sólo como un espejo,
como una ilusión de aire,
ese cristal vertical donde la sequedad del desierto
finge un agua o un rumor de espadas persiguiéndose.

El mar, encerrado en un dado,
desencadena su furia o gota prisionera,
corazón cuyos bordes inundarían al mundo
y sólo pueden contraerse con su sonrisa o límite.

El mar palpita como el vilano,
como esa facilidad de volar a los cielos,
aérea ligereza de lo que a nada sustenta,
de lo que sólo es suspiro de un pecho juvenil.

El mar o pluma enamorada,
o pluma libertada,
o descuido gracioso,
el mar o pie fugaz
que cancela el abismo huyendo con un cuerpo ligero.

El mar o palmas frescas,
las que con gusto se ceden en manos de las vírgenes,
las que reposan en los pechos olvidadas del hondo,
deliciosa superficie que un viento blando riza.

El mar acaso o ya el cabello,
el adorno,
el airón último,
la flor que cabecea en una cinta azulada,
de la que, si se desprende, volará como polen.

DAS LEICHTE MEER

Das Meer bestraft das Ächzen der Stiefel auf dem Trockenen,
die stapfen ohne Furcht, auf Gesichter zu treten,
Gesichter, die sich küssen auf dem glatten Sand
und so die Form von Muscheln gewinnen, paarig geschlossen.

Das Meer schwingt nur wie ein Spiegel,
wie ein Trugbild der Luft,
diese senkrechte gläserne Scheibe, wo die Dürre der Wüste
ein Wasser vortäuscht oder ein Klirren von Degen, die sich verfolgen.

Das Meer, eingezwängt in einen Würfel,
entfesselt seinen Zorn oder gefangenen Tropfen,
Herz, dessen Ränder die Welt überfluten würden
und nur sich zusammenziehen können mit ihrem Lächeln oder Saum.

Das Meer erzittert wie die Federkrone der Distel,
wie diese Leichtigkeit, aufzuschweben in die Himmel,
luftige Schwerelosigkeit dessen, was nichts zu tragen hat,
was nichts ist als ein Seufzer aus einer jungen Brust.

Das Meer oder verliebte Feder
oder freigelassene Feder,
oder anmutige Achtlosigkeit,
das Meer oder flüchtiger Fuß,
der den Abgrund auslöscht, flüchtend mit leichtem Leib.

Das Meer oder kühle Palmzweige,
die mit Freuden in Händen der Jungfrauen sich neigen,
die ruhen auf den Brüsten, ohne an die Tiefe zu denken,
köstliche Oberfläche, gekräuselt von lindem Wind.

Das Meer vielleicht oder schon das Haar,
der Schmuck,
der letzte Federbusch,
die Blume, nickend in bläulichem Band,
von dem sie, wenn sie sich losmacht, fortfliegt wie Blütenstaub.

El pez espada, cuyo cansancio se atribuye ante todo a la
imposibilidad de horadar a la sombra,
de sentir en su carne la frialdad del fondo de los mares donde
el negror no ama,
donde faltan aquellas frescas algas amarillas
que el sol dora en las primeras aguas.

La tristeza gemebunda de ese inmóvil pez espada cuyo ojo no
gira,
cuya fijeza quieta lastima su pupila,
cuya lágrima resbala entre las aguas mismas
sin que en ellas se note su amarillo tristísimo.

El fondo de ese mar donde el inmóvil pez respira con sus
branquias un barro,
ese agua como un aire,
ese polvillo fino
que se alborota mintiendo la fantasía de un sueño,
que se aplaca monótono cubriendo el lecho quieto
donde gravita el monte altísimo, cuyas crestas se agitan
como penacho – sí – de un sueño oscuro.

Arriba las espumas, cabelleras difusas,
ignoran los profundos pies de fango,
esa imposibilidad de desarraigarse del abismo,
de alzarse con unas alas verdes sobre lo seco abisal
y escaparse ligero sin miedo al sol ardiente.

Las blancas cabelleras, las juveniles dichas,
pugnan hirvientes, pobladas por los peces
– por la creciente vida que ahora empieza –,
por elevar su voz al aire joven,
donde un sol fulgurante
hace plata el amor y oro los abrazos,
las pieles conjugadas,

Der Schwertfisch, dessen Müdigkeit vor allem begründet wird mit der
Unmöglichkeit, den Schatten zu durchbohren,
zu fühlen im eigenen Fleisch die Kälte am Grunde der Meere,
wo die Schwärze nicht liebt,
wo es die frischen gelben Algen nicht gibt,
welche die Sonne vergoldet in den ersten Wassern.

Die stöhnende Traurigkeit dieses reglosen Schwertfischs, dessen
Auge sich nicht dreht,
dessen ruhige Starre seine Pupille bedrückt,
dessen Träne mitten durch die Wasser niederrinnt,
ohne daß darin ihr tieftrauriges Gelb bemerkt wird.

Der Grund dieses Meeres, wo der reglose Fisch mit seinen Kiemen
Schlamm einatmet,
dieses Wasser wie eine Luft,
dieser feine Staub,
der aufwirbelt und die Phantasie eines Traumes vortäuscht,
sich wieder legt und eintönig den ruhigen Grund bedeckt,
auf dem lastet der riesige Berg, dessen Kamm wankt und wogt
wie Rauchgewölk – ja – eines dunklen Traums.

Droben die gischtenden Wellen, zerwühlte Mähnen,
kennen nicht die morastigen Füße der Tiefe,
die Unmöglichkeit, dem Abgrund sich zu entreißen,
sich aufzuschwingen mit grünen Flügeln über die abgründige Ödnis
und flink zu entfliehen ohne Angst vor der glühenden Sonne.

Die weißen Mähnen, das jugendliche Jubeltoben,
sie kämpfen brodelnd, durchwimmelt von den Fischen,
– von dem schwellenden Leben, das jetzt beginnt –,
um zu erheben die Stimme in die junge Luft,
wo eine funkensprühende Sonne
zu Silber die Liebe macht, zu Gold die Umarmungen,
die vielfach vereinigte Haut,

ese unirse los pechos como las fortalezas que se aplacan
fundiéndose.

Pero el fondo palpita como un solo pez abandonado.
De nada sirve que una frente gozosa
se incruste en el azul como un sol que se da,
como amor que visita a humanas criaturas.

De nada sirve que un mar inmenso entero
sienta sus peces entre espumas como si fueran pájaros.

El calor que le roba el quieto fondo opaco,
la base inconmovible de la milenaria columna
que aplasta un ala de ruiseñor ahogado,
un pico que cantaba la evasión del amor,
gozoso entre unas plumas templadas a un sol nuevo.

Ese profundo oscuro donde no existe el llanto,
donde un ojo no gira en su cuévano seco,
pez espada que no puede horadar a la sombra,
donde aplacado el limo no imita un sueño agotado.

dieses Einswerden von Brust und Brust, wie Festungen, die sich versöhnen,
    indem sie verschmelzen.

Doch die Tiefe zuckt wie ein einzelner verlassener Fisch.
Nichts hilft es, daß eine freudige Stirn
ins Blau sich einsenkt, haftend wie eine Sonne, die sich hingibt,
wie Liebe, die menschliche Geschöpfe heimsucht.

Nichts hilft es, daß ein ganzes unermeßliches Meer
seine Fische zwischen gischtenden Wellen fühlt, als wären es Vögel.

Die Wärme, die ihm der ruhige dunkle Grund raubt,
die unerschütterliche Basis der tausendjährigen Säule,
welche den Flügel einer ertrunkenen Nachtigall zermalmt,
einen Schnabel, der die Ausflucht der Liebe besang,
freudig zwischen Schwingen, lau überhaucht von einer neuen Sonne.

Dieses tiefe Dunkel, wo es kein Jammern gibt,
wo ein Auge sich nicht dreht in seiner trockenen Höhle,
Schwertfisch, der nicht durchbohren kann den Schatten,
wo besänftigt der Schlamm nicht als erschöpften Traum sich ausgibt.

Calla, calla. No soy el mar, no soy el cielo,
ni tampoco soy el mundo en que tú vives.
Soy el calor que sin nombre avanza sobre las piedras frías,
sobre las arenas donde quedó la huella de un pesar,
sobre el rostro que duerme como duermen las flores
cuando comprenden, soñando, que nunca fueron hierro.

Soy el sol que bajo la tierra pugna por quebrantarla
como un brazo solísimo que al fin entreabre su cárcel
y se eleva clamando mientras las aves huyen.

Soy esa amenaza a los cielos con el puño cerrado,
sueño de un monte o mar que nadie ha transportado
y que una noche escapa como un mar tan ligero.

Soy el brillo de los peces que sobre el agua finge una red de
deseos,
un espejo donde la luna se contempla temblando,
el brillo de unos ojos que pueden deshacerse
cuando la noche o nube se cierran como mano.

Dejadme entonces, comprendiendo que el hierro es la salud
de vivir,
que el hierro es el resplandor que de sí mismo nace
y que no espera sino la única tierra blanda a que herir como
muerte,
dejadme que alce un pico y que hienda a la roca,
a la inmutable faz que las aguas no tocan.

Aquí a la orilla, mientras el azul profundo casi es negro,
mientras pasan relámpagos o luto funeral, o ya espejos,
dejadme que se quiebre la luz sobre el acero,
ira que, amor o muerte, se hincará en esta piedra,
en esta boca o dientes que saltarán sin luna.

Sei still, sei still. Ich bin nicht das Meer, bin nicht der Himmel,
auch nicht die Welt, in welcher du lebst.
Ich bin die Wärme, die namenlos vorrückt über die kalten Steine,
über die Sandstrände, wo die Spur einer Bedrückung geblieben ist,
über das Gesicht, das schläft, wie die Blumen schlafen,
wenn sie begreifen, im Traum, daß sie niemals Eisen waren.

Ich bin die Sonne, die unter der Erde kämpft, um sie aufzubrechen
wie ein sehr einsamer Arm, der endlich einen Spalt sein Gefängnis öffnet
und mit Geschrei sich erhebt, während die Vögel entschwirren.

Ich bin diese Drohung gegen die Himmel mit der geballten Faust,
ich träume von einem Gebirge oder Meer, das keiner fortgetragen hat
und das eines Nachts davongeht wie ein flinkes Meer.

Ich bin das Schimmern der Fische, das über dem Wasser ein Netz
von Begierden vortäuscht,
ein Spiegel, worin der Mond sich zitternd betrachtet,
das Schimmern zweier Augen, die zergehen können,
wenn die Nacht oder Wolke sich schließen wie eine Hand.

Laßt mich also, begreift, daß das Eisen das Heil des
Lebens ist,
daß das Eisen der Glanz ist, welcher sich selbst hervorbringt
und nichts erwartet außer der einen weichen Erde, um sie zu
verletzen wie der Tod,
laßt mich eine Spitzhacke erheben und den Felsen spalten,
das unveränderliche Antlitz, an das die Wasser nicht rühren.

Hier am Ufer, während das tiefe Blau fast schwarz ist,
während Blitze vorbeiziehn, Trauergeleit, oder bloß Spiegel,
laßt mich, daß das Licht auf dem Stahl sich bricht,
Zorn, der – Liebe oder Tod – eindringt in diesen Stein,
in diesen Mund oder Zähne, die zerspringen werden ohne Mond.

Dejadme, sí, dejadme cavar, cavar sin tregua,
cavar hasta ese nido caliente o plumón tibio,
hasta esa carne dulce donde duermen los pájaros,
los amores de un día cuando el sol luce fuera.

Laßt mich, ja, laßt mich graben, graben ohne Unterlaß,
graben bis zu diesem warmen Nest oder lauen Flaumbett,
bis zu diesem lieblichen Fleisch, wo die Vögel schlafen,
Liebesgeschöpfe eines Tages, wenn draußen die Sonne scheint.

No te acerques. Tu frente, tu ardiente frente, tu encendida
frente,
las huellas de unos besos,
ese resplandor que aun de día se siente si te acercas,
ese resplandor contagioso que me queda en las manos,
ese río luminoso en que hundo mis brazos,
en el que casi no me atrevo a beber, por temor después a ya una
dura vida de lucero.

No quiero que vivas en mí como vive la luz,
con ese ya aislamiento de estrella que se une con su luz,
a quien el amor se niega a través del espacio
duro y azul que separa y no une,
donde cada lucero inaccesible
es una soledad que, gemebunda, envía su tristeza.

La soledad destella en el mundo sin amor.
La vida es una vívida corteza,
una rugosa piel inmóvil
donde el hombre no puede encontrar su descanso,
por más que aplique su sueño contra un astro apagado.

Pero tú no te acerques. Tu frente destellante, carbón encendido
que me arrebata a la propia conciencia,
duelo fulgúreo en que de pronto siento la tentación de morir,
de quemarme los labios con tu roce indeleble,
de sentir mi carne deshacerse contra tu diamante abrasador.

No te acerques, porque tu beso se prolonga como el choque
imposible de las estrellas,
como el espacio que súbitamente se incendia,
éter propagador donde la destrucción de los mundos
es un único corazón que totalmente se abrasa.

Ven, ven, ven como el carbón extinto oscuro que encierra
una muerte;

Nähere dich nicht. Deine Stirn, deine brennende Stirn,
deine entflammte Stirn,
die Spuren von Küssen,
dieser Glanz, den noch bei Tag man spürt, wenn du dich näherst,
dieser ansteckende Glanz, der mir an den Händen bleibt,
dieser strahlende Fluß, in den ich meine Arme tauche,
von dem ich fast nicht zu trinken wage, aus Furcht, danach das harte
Leben eines Gestirns zu haben.

Ich will nicht, daß du in mir lebst, wie das Licht lebt,
in dieser Vereinzelung eines Sterns, der eins wird mit seinem Licht,
dem die Liebe sich verweigert quer durch den Raum,
hart und blau, der trennt und nicht eint,
wo jedes Gestirn unerreichbar ist,
eine Einsamkeit, die stöhnend ihre Traurigkeit ausschickt.

Die Einsamkeit gibt Blinkzeichen in der Welt ohne Liebe.
Das Leben ist eine lebendige Borke,
eine runzlig starre Haut,
wo der Mensch nicht seine Ruhe finden kann,
so sehr er seinen Traum auch einsetzt gegen einen erloschenen Stern.

Doch du, nähere dich nicht. Deine blinkende Stirn, entflammte
Kohle, die mich der eignen Bewußtheit entreißt,
blitzhelle Qual, in der ich jäh die Versuchung spüre zu sterben,
mir die Lippen zu verbrennen an deinem steten Vorüberstreifen,
zu fühlen, wie mein Fleisch vergeht an deinem sengenden Diamant.

Nähere dich nicht, denn dein Kuß weitet sich, wird wie der unmögliche
Zusammenprall der Sterne,
wie der Weltraum, der plötzlich in Brand gerät,
flammenverbreitender Äther, wo die Zerstörung der Welten
ein einziges Herz ist, das in Glut sich gänzlich verzehrt.

Komm, komm, komm wie die erloschene, dunkle Kohle, die in sich
einen Tod birgt;

ven como la noche ciega que me acerca su rostro;
ven como los dos labios marcados por el rojo,
por esa línea larga que funde los metales.

Ven, ven, amor mío; ven, hermética frente, redondez casi
rodante
que luces como una órbita que va a morir en mis brazos;
ven como dos ojos o dos profundas soledades,
dos imperiosas llamadas de una hondura que no conozco.

¡Ven, ven, muerte, amor; ven pronto, te destruyo;
ven, que quiero matar o amar o morir o darte todo;
ven, que ruedas como liviana piedra,
confundida como una luna que me pide mis rayos!

komm wie die blinde Nacht, die ihr Gesicht mir nähert;
komm wie die zwei Lippen, hervorgehoben durch das Rot,
durch diese langgeschwungene Linie, welche die Metalle verschmilzt.

Komm, komm, meine Liebe; verschlossene Stirn, Rundung, fast
    rollend schon,
die du leuchtest wie eine Planetenbahn, die erstirbt in meinen Armen;
komm wie zwei Augen oder zwei tiefe Einsamkeiten,
zwei herrscherliche Rufe von einer Tiefe, die ich nicht kenne.

Komm, komm, Tod, Liebe; komm schnell, ich zerstöre dich;
komm, denn ich will töten oder lieben oder sterben oder dir alles geben;
komm, du, die dahinrollt wie ein flinker Stein,
verwirrt wie ein Mond, der mich um meine Strahlen bittet!

2

Mar, oculta pared,
pez mecido entre un aire o suspiro,
en ese agua surtida de una mirada
que cuelga entre los árboles, oh pez plata, oh espejo.

Junio caliente viento o flores mece,
corro o niñas, brazos como besos,
sueltas manos de junio que aparecen
de pronto en una nieve que aún me llora.

Cuerdas, dientes temblando en las ramas;
una ciudad, la rueda, su perfume;
mar, bosque de lo verde, verde altura,
mar que crece en los hombros como un calor constante.

Yo no sé si este hilo que sostiene
dos corazones, láminas o un viento,
sabe ceder a un rumor de campanas,
péndulo dulce a un viento estremecido.

Niñas sólo perfiles, dulcemente
ladeados, avanzan – miedo, miedo –;
dos corazones tristes suenan, laten,
rumor de unas campanas sin destino.

Junio fugaz, alegre primavera,
árboles de lo vivo, peces, pájaros,
niñas color azúcar devanando
un agua que refleja un cielo inútil.

Meer, geheime Wand,
Fisch, gewiegt von einem Wind oder Seufzer,
in diesem Wasser, entsprungen aus einem Blick,
der zwischen den Bäumen hängt, o Silberfisch, o Spiegel.

Juni wiegt warmen Wind oder Blumen,
Reigen oder Mädchen, Arme wie Küsse,
gelöste Junihände, die plötzlich
in einem Schnee erscheinen, der mich noch immer beweint.

Seile, Zähne, zitternd an den Zweigen,
eine Stadt, das Rad, ihr Duft;
Meer, Wald aus Grün, grüne Höhe,
Meer, das wächst auf den Schultern wie eine beständige Wärme.

Ich weiß nicht, ob dieser Faden, der zwei Herzen
in Schwebe hält, leichte Blätter oder Wind,
zu weichen weiß einem Glockenläuten,
liebliches Pendel für die erschauernde Luft.

Mädchen, Profile nur, lieblich
zur Seite gelenkt, kommen herbei – Angst, Angst –;
zwei traurige Herzen tönen, schlagen,
Dröhnen von Glocken ohne Schicksal.

Flüchtiger Juni, fröhlicher Frühling.
Bäume des Lebendigen, Fische, Vögel,
Mädchen von Zuckerfarbe haspeln ein Wasser ab,
das einen überflüssigen Himmel spiegelt.

Un pájaro de papel en el pecho
dice que el tiempo de los besos no ha llegado;
vivir, vivir, el sol cruje invisible,
besos o pájaros, tarde o pronto o nunca.
Para morir basta un ruidillo,
el de otro corazón al callarse,
o ese regazo ajeno que en la tierra
es un navío dorado para los pelos rubios.
Cabeza dolorida, sienes de oro, sol que va a ponerse;
aquí en la sombra sueño con un río,
juncos de verde sangre que ahora nace,
sueño apoyado en ti calor o vida.

LEBEN

Ein papierener Vogel, plappernd in der Brust,
sagt, daß die Zeit der Küsse noch nicht gekommen;
leben, leben, unsichtbar prasselt die Sonne,
Küsse oder Vögel, spät oder bald oder nie.
Zum Sterben genügt ein kleines Geräusch,
das eines anderen Herzens, wenn es verstummt,
oder dieser fremde Schoß, der an Land
ein goldenes Schiff ist für die blonden Haare.
Zermarterter Kopf, Schläfen aus Gold, Sonne, die untergeht;
hier im Schatten träume ich von einem Fluß,
Binsen mit grünem Blut, das eben hervorquillt,
erträume, von dir getragen, Wärme oder Leben.

Así besándote despacio ahogo un pájaro,
ciego olvido sin dientes que no me ama,
casi humo en silencio que pronto es lágrima
cuando tú como lago quieto tendida estás sin día.

Así besándote tu humedad no es pensamiento,
no alta montaña o carne,
porque nunca al borde del precipicio cuesta más el abrazo.

Así te tengo casi filo,
riesgo amoroso, botón, equilibrio,
te tengo entre el cielo y el fondo
al borde como ser o al borde amada.

Tus alas como brazos,
amorosa insistencia en este aire que es mío,
casi mejillas crean o plumón o arribada,
batiendo mientras me olvido de los dientes bajo tus labios.

No me esperéis mañana – olvido, olvido –;
no, sol, no me esperéis cuando la forma asciende al negro
        día creciente;
panteras ignoradas – un cadáver o un beso –,
sólo sonido extinto o sombra, el día me encuentra.

Wenn ich so dich langsam küsse, erdrossele ich einen Vogel,
blindes Vergessen ohne Zähne, das mich nicht liebt,
fast Rauch in Stille, die bald Träne ist,
wenn du daliegst wie ein ruhiger See ohne Tag.

Wenn ich so dich küsse, ist deine Feuchtigkeit kein Gedanke,
kein hohes Gebirge oder Fleisch,
denn niemals am Rande des Abgrunds ist schwerer die Umarmung.

So halte ich dich, fast Messers Schneide,
Liebeswagnis, Geratewohl, Balanceakt,
halte dich zwischen dem Himmel und der Tiefe
auf der Kippe, ein Wesen oder eine Geliebte.

Deine Flügel wie Arme,
liebende Beharrlichkeit in dieser Luft, die mein ist,
sie schaffen fast Wangen oder Flaumkissen oder Landung,
rüttelnd, während ich die Zähne hinter deinen Lippen vergesse.

Erwartet mich morgen nicht – Vergessen, Vergessen –;
nein, Sonne, erwartet mich nicht, wenn die Gestalt aufsteigt in den
schwarzen, wachsenden Tag;
unbeachtete Panther – ein Leichnam oder ein Kuß –,
nur erloschener Laut oder Schatten, so trifft der Tag mich an.

Allá donde el mar no golpea,
donde la tristeza sacude su melena de vidrio,
donde el aliento suavemente espirado
no es una mariposa de metal, sino un aire.

Un aire blando y suave
donde las palabras se murmuran como a un oído.
Donde resuenan unas débiles plumas
que en la oreja rosada son el amor que insiste.

¿Quién me quiere? ¿Quién dice que el amor es un hacha
doblada,
un cansancio que parte por la cintura el cuerpo,
un arco doloroso por donde pasa la luz
ligeramente sin tocar nunca a nadie?

Los árboles del bosque cantan como si fueran aves.
Un brazo inmenso abarca la selva como una cintura.
Un pájaro dorado por la luz que no acaba
busca siempre unos labios por donde huir de su cárcel.

Pero el mar no golpea como un corazón,
ni el vidrio o cabellera de una lejana piedra
hace más que asumir todo el brillo del sol sin
devolverlo.
Ni los peces innumerables que pueblan otros cielos
son más que las lentísimas aguas de una pupila remota.

Entonces este bosque, esta mota de sangre,
este pájaro que se escapa de un pecho,
este aliento que sale de unos labios entreabiertos,
esta pareja de mariposas que en algún punto va a amarse . . .

Esta oreja que próxima escucha mis palabras,
esta carne que amo con mis besos de aire,

Dort, wo das Meer nicht hämmert,
wo die Traurigkeit ihre gläserne Mähne schüttelt,
wo der Atem, gelinde ausgehaucht,
kein Schmetterling aus Metall ist, sondern eine Brise.

Eine weiche und linde Brise,
wo die Worte geflüstert werden wie in ein Gehör,
wo Widerhall wecken ein paar zarte Federn,
die im rosigen Ohr die Liebe sind, welche beharrt.

Wer liebt mich? Wer sagt, daß die Liebe eine gekrümmte
Axt ist,
ein Überdruß, der den Leib an den Lenden spaltet,
ein Schmerzensbogen, durch den das Licht zieht,
leichthin, ohne irgendwen zu berühren?

Die Bäume des Waldes singen, als wären sie Vögel.
Ein riesiger Arm umfaßt die Wildnis wie eine Taille.
Ein Vogel, vergoldet von dem Licht, das nicht endet,
sucht immer Lippen, durch die er fliehen könnte aus seinem Gefängnis.

Doch das Meer hämmert nicht wie ein Herz,
und das Glas oder der Haarschopf eines fernen Steins
macht nichts anderes, als aufzunehmen all den Glanz der Sonne,
ohne ihn zurückzugeben.
Und die unzähligen Fische, die andere Himmel bevölkern,
sind nicht mehr als die stockenden Wasser einer entfernten Pupille.

Also dieser Wald, dieses bißchen Blut,
dieser Vogel, der davonschwirrt aus einer Brust,
dieser Atem, der halbgeöffneten Lippen entströmt,
dieses Schmetterlingspaar, das irgendwo zur Liebe sich anschickt...

Dieses Ohr, das ganz nahe meinen Worten lauscht,
dieses Fleisch, das ich liebe mit meinen Küssen aus Luft,

este cuerpo que estrecho como si fuera un nombre,
esta lluvia que cae sobre mi cuerpo extenso,
este frescor de un cielo en el que unos dientes sonríen,
en el que unos brazos se alargan, en que un sol amanece,
en que una música total canta invadiéndolo todo,
mientras el cartón, las cuerdas, las falsas telas,
la dolorosa arpillera, el mundo rechazado,
se retira como un mar que muge sin destino.

dieser Körper, den ich zusammenpresse, als wäre er ein Name,
dieser Regen, der auf meinen ausgestreckten Leib fällt,
diese Kühle eines Himmels, in dem ein paar Zähne lächeln,
in dem ein paar Arme sich recken, in dem eine Sonne aufgeht,
in dem eine allmächtige Musik singt und alles überflutet,
während die Pappe, die Stricke, die falschen Tücher,
die traurige Sackleinwand, die abgewiesene Welt,
zurückweicht wie ein Meer, das brüllt ohne Schicksal.

En medio de los adioses de los pañuelos blancos
llega la aurora con su desnudo de bronce
con esa dureza juvenil
que a veces resiste hasta el mismo amor.

Llega con su cuerpo sonoro
donde sólo los besos resultan todavía fríos,
pero donde el sol se rompe ardientemente
para iluminar en redondo el paisaje vencido.

Si en las cercanías un río imita una curva,
no confundirlo, no, con un brazo;
si más arriba quiere formarse una montaña,
apenas si conseguirá imitar algún hombro,
y si un pájaro repasa velozmente
no faltará quien lo equivoque con unos dientes ligeros.

La blancura no existe.
La amarillez vivísima,
el color rosa naciente,
el incipiente rojo
son como ondas sobrepasándose hasta derribarse
        en el seno,
donde el día se vierte tumultuosamente.

Quizá por la garganta del cuerpo juvenil
los rojos pececillos circulan,
se extinguen,
los besos son burbujas,
son ese gris que falla en el fondo de la copa
cuando alguno intenta acercarle los labios;
son ese ojo profundo sin párpado que en el fondo
demuestra con su fijeza que nunca ha de acabarse.

Mitten im Abschiedswinken der weißen Taschentücher
kommt die Morgenröte mit ihrer bronzenen Nacktheit,
mit jener jugendlichen Härte,
die manchmal sogar der Liebe widersteht.

Sie kommt mit ihrem klingenden Körper,
wo nur die Küsse noch kühl erscheinen,
aber die Sonne glühend sich bricht,
um die besiegte Landschaft rings zu erleuchten.

Wenn in der Nähe ein Fluß eine Kurve nachahmt,
ihn nicht verwechseln, bitte, mit einem Arm;
wenn weiter oben ein Gebirge sich bilden will,
wird es ihm kaum gelingen, eine Schulter zu imitieren,
und wenn ein Vogel flink hin und her fliegt,
ist gewiß jemand da, der fälschlich meint, er sehe hurtige Zähne.

Das Weiß existiert nicht.
Das springlebendige Gelb,
die sprießende Rosenfarbe,
das beginnende Rot
sind die Wellen, die einander überholen,
bis sie niederstürzen in den Schoß,
worin tosend der Tag sich ergießt.

Vielleicht kreiseln in der Kehle des jungen Körpers
die roten Fischlein,
erlöschen,
die Küsse sind Wasserbläschen,
sind jenes Grau, das zerfällt auf dem Grund des Glases,
wenn jemand versucht, sich ihm mit den Lippen zu nähern;
sind jenes tiefe, lidlose Auge, das auf dem Grund
mit seiner Starrheit beweist, daß es niemals vergehen muß.

Pero el viento no puede lastimar ese cuerpo,
ni los brazos del amor conseguirán disminuir la
        fina cintura,
ni esas redondas manos pasajeras
reducirán a calor los pechos liberados.

El cabello ondea como la piedra más reciente,
roca nueva insumisa rebelde a sus límites,
la que jamás encerrada en un puño
cantará la canción de los labios apretados.

El sol o el agua luminosa
bruñe la superficie erguidísima,
donde nunca un pájaro detendrá su bola de pluma,
ni se amarán por parejas bajo los brazos fríos.

Una boca con alas del tamaño de la nieve
pone en el cuello su carbón encendido.
Brota una mariposa de cristal impasible,
espejo hacia el cenit que repugna las luces.

Doch der Wind kann diesem Körper nicht wehtun,
und die Arme der Liebe werden es nicht schaffen, die schlanken
Hüften abzuschleifen,
noch werden jene runden, schweifenden Hände
die befreiten Brüste in bloße Wärme verwandeln.

Das Haar wogt wie das allerjüngste Gestein,
neuer, ungebärdiger Fels, der sich aufbäumt gegen seine Grenzen,
der, niemals von einer Faust umspannt,
singen wird das Lied der zusammengepreßten Lippen.

Die Sonne oder das strahlende Wasser
glättet die steil emporgerichtete Fläche,
wo niemals ein Vogel seinen Federball stoppen wird
und sie nimmer paarweise sich lieben werden unter den kalten Armen.

Ein Mund mit Flügeln so groß wie der Schnee
legt auf den Hals seine glührote Kohle.
Ein Schmetterling aus gleichmütigem Glas sprießt hervor,
Spiegel, zum Zenit gewandt, der alle Strahlen abstößt.

PAISAJE

Desde lejos escucho tu voz que resuena en este campo,
confundida con el sonido de este agua clarísima que desde
aquí contemplo;
tu voz o juventud, signo que siempre oigo
cuando piso este verde jugoso siempre húmedo.

No calidad de cristal,
no calidad de carne, pero ternura humana,
espuma fugitiva, voz o enseña o unos montes,
ese azul que a lo lejos es siempre prometido.

No, no existes y existes.
Te llamas vivo ser,
te llamas corazón que me entiende sin que yo lo sospeche,
te llamas quien escribe en el agua un anhelo, una vida,
te llamas quien suspira mirando el azul de los cielos.

Tu nombre no es el trueno rumoroso que rueda
como sólo una cabeza separada del tronco.
No eres tampoco el rayo o súbito pensamiento
que ascendiendo del pecho se escapa por los ojos.

No miras, no, iluminando ese campo,
ese secreto campo en el que a veces te tiendes,
río sonoro o monte que consigue sus límites,
frente a la raya azul donde unas manos se estrechan.

Tu corazón tomando la forma de una nube ligera
pasa sobre unos ojos azules,
sobre una limpidez en que el sol se refleja;
pasa, y esa mirada se hace gris sin saberlo,
lago en que tú, oh pájaro, no desciendes al paso.

Pájaro, nube o dedo que escribe sin memoria;
luna de noche que pisan unos desnudos pies;
carne o fruta, mirada que en tierra finge un río;
corazón que en la boca bate como las alas.

Von ferne höre ich deine Stimme, die widerhallt auf diesem Feld,
vermischt mit dem Klang dieses hellklaren Wassers, das ich
von hier betrachte;
deine Stimme oder Jugend, Zeichen, das ich immer vernehme,
wenn ich über dieses Grün gehe, voll Saft, immer feucht.

Nicht Beschaffenheit von Kristall,
nicht Beschaffenheit von Fleisch, sondern menschliche Zärtlichkeit,
flüchtiger Wellenschaum, Stimme, Feldzeichen oder einige Berge,
jene Bläue, die in der Ferne immer verheißen ist.

Nein, du bist nicht da und bist da.
Du nennst dich lebendiges Wesen,
du nennst dich Herz, das mich versteht, ohne daß ich es vermute,
du nennst dich die, welche ins Wasser eine Sehnsucht schreibt, ein Leben,
du nennst dich die, welche seufzt, während sie das Blau der Himmel schaut.

Dein Name ist nicht der kollernde Donner, der fortrollt
wie nur ein Kopf, abgetrennt vom Rumpf.
Du bist auch nicht der Blitz oder ein plötzlicher Gedanke,
der aufsteigt aus der Brust und durch die Augen entflieht.

Du schaust nicht, nein, dieses Feld erhellend,
dieses geheime Feld, auf dem du dich manchmal ausstreckst,
rauschender Fluß oder Berg, der seine Grenzen erlangt,
die blaue Linie vor Augen, wo Hände sich umschließen.

Dein Herz nimmt die Gestalt einer leichten Wolke an
und zieht hin über zwei blaue Augen,
über eine Klarheit, in der die Sonne sich spiegelt;
zieht hin, und dieser Blick wird grau, ohne es zu wissen,
ein See, auf dem du, o Vogel, dich nicht niederläßt auf deinem Zug.

Vogel, Wolke oder Finger, der schreibt ohne Erinnerung;
Mond bei Nacht, über den nackte Füße gehen;
Fleisch oder Frucht, Blick, der auf dem Trockenen einen Fluß vorspielt;
Herz, das im Munde flattert wie die Flügel.

Así acaricio una mejilla dispuesta.
¿Me amas? Me amas como los dulces animalitos
a su tristeza mansa inexplicable.
Ámame como el vestido de seda
a su quietud oscura de noche.
Cuerpo vacío, aire parado, vidrio que por fuera
llora lágrimas de frío sin deseo.

Dulce quietud, cuarto que en pie, templado,
no ignora la luna exterior, pero siente sus pechos
oscuros no besados sin saliva ni leche.

Cuerpo que solo por la mañana, dolido,
sin fiebre, tiene ojos de nieve tocada
y un rosa en los labios como limón teñido
cuando sus manos quisieran ser flores casi entreabiertas.

Pero no. ¡Juventud, ilusión, dicha, calor o luz,
piso de mármol donde la carne está tirada,
cuerpo, cuarto de ópalo que siente casi un párpado,
unos labios pegados mientras los muslos cantan!

So streichle ich eine willige Wange.
Liebst du mich? Du liebst mich, wie die sanften Tierchen
ihre zahme, unerklärliche Traurigkeit.
Liebe mich wie das Seidenkleid
seine eigne dunkle Ruhe bei Nacht.
Leerer Körper, stehende Luft, Glas, das außen
Tränen aus Kälte weint ohne Begierde.

Süße Ruhe, ein Zimmer, das aufgeräumt, mild erwärmt,
den Mond draußen nicht übersieht, sondern seine dunklen
Brüste fühlt, die nie geküßten, ohne Speichel, ohne Milch.

Körper, der einsam am Morgen, leidend,
fieberlos, Augen hat wie betretener Schnee
und ein Rosa auf den Lippen wie gefärbtes Zitronengelb,
während seine Hände gern Blüten wären, kaum erst sich öffnend.

Doch nein. Jugend, Hoffnungstrug, Glück, Wärme oder Licht,
Marmorboden, und darauf hingeworfen das Fleisch,
Körper, Wohnung aus Opal, der fast einen Lidschlag fühlt,
Lippen, aufeinandergepreßt, während die Schenkel singen.

A TI, VIVA

> Es tocar el cielo, poner el dedo
> sobre un cuerpo humano. NOVALIS

Cuando contemplo tu cuerpo extendido
como un río que nunca acaba de pasar,
como un claro espejo donde cantan las aves,
donde es un gozo sentir el día cómo amanece.

Cuando miro a tus ojos, profunda muerte o vida que me
llama,
canción de un fondo que sólo sospecho;
cuando veo tu forma, tu frente serena,
piedra luciente en que mis besos destellan,
como esas rocas que reflejan un sol que nunca se hunde.

Cuando acerco mis labios a esa música incierta,
a ese rumor de lo siempre juvenil,
del ardor de la tierra que canta entre lo verde,
cuerpo que húmedo siempre resbalaría
como un amor feliz que escapa y vuelve . . .

Siento el mundo rodar bajo mis pies,
rodar ligero con siempre capacidad de estrella,
con esa alegre generosidad del lucero
que ni siquiera pide un mar en que doblarse.

Todo es sorpresa. El mundo destellando
siente que un mar de pronto está desnudo, trémulo,
que es ese pecho enfebrecido y ávido
que sólo pide el brillo de la luz.

La creación riela. La dicha sosegada
transcurre como un placer que nunca llega al colmo,
como esa rápida ascensión del amor
donde el viento se ciñe a las frentes más ciegas.

AN DICH, LEBENDIGE

Man berührt den Himmel, wenn man
einen Menschenleib betastet. NOVALIS

Wenn ich deinen Leib betrachte, hingebreitet
wie ein Fluß, der unaufhörlich vorbeizieht,
wie ein klarer Spiegel, wo die Vögel singen,
wo es eine Lust ist, den Tag zu spüren, wie er erwacht.

Wenn ich in deine Augen schaue, abgründiger Tod oder Leben, das nach
mir ruft,
Lied einer Tiefe, die ich nur ahne;
wenn ich deine Gestalt sehe, deine heitere Stirn,
leuchtender Stein, auf dem meine Küsse blinken,
wie jene Felsen, die eine Sonne spiegeln, welche niemals versinkt.

Wenn ich meine Lippen nähere dieser ungewissen Musik,
diesem Rauschen immerwährender Frische,
glühenden Eifers der Erde, die singt im Grünen,
ein Körper, feucht, der immer gleitet
wie eine glückliche Liebe, die entschlüpft und wiederkehrt . . .

Ich spüre die Welt sich drehn unter meinen Füßen,
leicht sich drehn, immer befähigt zum Sternsein,
mit der fröhlichen Großmut des Morgensterns,
der nicht mal ein Meer verlangt, sich selbst darin zu verdoppeln.

Alles ist Überraschung. Aufblitzend fühlt die Welt,
daß ein Meer plötzlich nackt ist, zitternd,
daß es diese fiebernde und gierige Brust ist,
die nur den Glanz des Lichts verlangt.

Die Schöpfung funkelt. Das gelassene Glück
strömt dahin wie eine Lust, die nie an den Rand gelangt,
wie der jähe Aufschwung der Liebe,
wo der Wind die blindesten Stirnen umfängt.

Mirar tu cuerpo sin más luz que la tuya,
que esa cercana música que concierta a las aves,
a las aguas, al bosque, a ese ligado latido
de este mundo absoluto que siento ahora en los labios.

Schauen deinen Leib, nur im Licht von dir selbst,
dieser nahen Musik, die die Vögel zum Einklang rührt,
die Wasser, den Wald, den gemeinsam pochenden Puls
dieser unumschränkten Welt, die ich nun auf den Lippen fühle.

Después de todo lo mismo da el calor que el frío,
una dulce hormiguita color naranja,
una guitarra muda en la noche,
una mujer tendida como las conchas,
un mar como dos labios por la arena.

Un caracol como una sangre,
débil dedo que se arrastra sobre la piel mojada,
un cielo que sostienen unos hombros de nieve
y ese ahogo en el pecho de palabras redondas.

Las naranjas de fuego rodarían por el azul nocturno.
Lo mismo da un alma niña que su sombra derretida,
da lo mismo llorar unas lágrimas finas
que morder pedacitos de hielo que vive.

Tu corazón redondo como naipe
visto de perfil es un espejo,
de frente acaso es nata
y a vista de pájaro es un papel delgado.

Pero no tan delgado que no permita sangre,
y navíos azules,
y un adiós de un pañuelo que de pronto se para.
Todo lo que un pájaro esconde entre su pluma.

Oh maravilla mía,
oh dulce secreto de conversar con el mar,
de suavemente tener entre los dientes
un guijo blanco que no ha visto la luna.
Noche verde de océano que en la lengua no vuela
y se duerme deshecha como música o nido.

Schließlich ist's einerlei, die Wärme und die Kälte,
eine zierliche Ameise von orangeroter Farbe,
eine stumme Gitarre in der Nacht,
eine Frau, die daliegt wie die Muscheln,
ein Meer wie zwei Lippen am Strand.

Eine Schnecke wie ein Blut,
schwacher Finger, der sich hinschleppt über die feuchte Haut,
ein Himmel, von Schultern aus Schnee getragen,
und dieses Ersticken in der Brust von runden Wörtern.

Die Feuerorangen würden rollen durchs nächtliche Blau.
Einerlei ist eine Kinderseele und ihr geschmolzener Schatten,
einerlei, feine Tränen zu weinen
oder Stückchen lebendigen Eises zu beißen.

Dein rundes Herz, einer Spielkarte gleich,
im Profil gesehen, ist es ein Spiegel,
von vorne vielleicht Schlagrahm,
und aus der Vogelschau dünnes Papier.

Doch nicht so dünn, daß es kein Blut zuließe,
und blaue Schiffe,
und das Lebwohl eines Taschentuches, das plötzlich stillhält.
Alles, was ein Vogel unterm Gefieder versteckt.

O mein Wunder,
o süßes Geheimnis, sich unterhalten mit dem Meer,
sanft zwischen den Zähnen halten
einen weißen Kiesel, den der Mond nicht gesehen.
Grüne Ozeansnacht, die auf der Zunge nicht fliegt
und einschläft, erschöpft, wie Musik oder ein Nest.

QUIERO SABER

Dime pronto el secreto de tu existencia;
quiero saber por qué la piedra no es pluma,
ni el corazón un árbol delicado,
ni por qué esa niña que muere entre dos venas ríos
no se va hacia la mar como todos los buques.

Quiero saber si el corazón es una lluvia o margen,
lo que se queda a un lado cuando dos se sonríen,
o es sólo la frontera entre dos manos nuevas
que estrechan una piel caliente que no separa.

Flor, risco o duda, o sed o sol o látigo:
el mundo todo es uno, la ribera y el párpado,
ese amarillo pájaro que duerme entre dos labios
cuando el alba penetra con esfuerzo en el día.

Quiero saber si un puente es hierro o es anhelo,
esa dificultad de unir dos carnes íntimas,
esa separación de los pechos tocados
por una flecha nueva surtida entre lo verde.

Musgo o luna es lo mismo, lo que a nadie sorprende,
esa caricia lenta que de noche a los cuerpos
recorre como pluma o labios que ahora llueven.
Quiero saber si el río se aleja de sí mismo
estrechando unas formas en silencio,
catarata de cuerpos que se aman como espuma,
hasta dar en la mar como el placer cedido.

Los gritos son estacas de silbo, son lo hincado,
desesperación viva de ver los brazos cortos
alzados hacia el cielo en súplicas de lunas,
cabezas doloridas que arriba duermen, bogan,
sin respirar aún como láminas turbias.

Sag mir schnell das Geheimnis deines Daseins;
wissen will ich, warum der Stein nicht Feder ist,
das Herz kein schlanker Baum,
warum dieses Mädchen, das stirbt zwischen zwei Aderströmen
nicht dem Meer entgegenzieht wie alle Schiffe.

Wissen will ich, ob das Herz ein Regen ist oder ein Rain,
was am Rande bleibt, wenn zwei sich anlächeln,
oder ob es nur die Grenze ist zwischen zwei frischen Händen,
die eine warme Haut drücken, welche nicht trennt.

Blume, Klippe oder Zweifel, oder Durst oder Sonne oder Peitsche:
die ganze Welt ist eins, die Uferau und das Augenlid,
dieser gelbe Vogel, der schlummert zwischen zwei Lippen,
wenn die Frühe mit Macht in den Tag einbricht.

Wissen will ich, ob eine Brücke Eisen ist oder Sehnsucht,
diese Mühsal, zwei vertraute Leiber zu vereinen,
diese Trennung zweier Brustkörbe, gemeinsam getroffen
von einem frischen Pfeil, der hervorschnellte aus dem Grün.

Moos oder Mond ist einerlei, was niemand überrascht,
diese langsame Liebkosung, die bei Nacht die Körper
überläuft wie Flaum oder Lippen, die jetzt regnen.
Wissen will ich, ob der Fluß sich von sich selber entfernt
und in der Stille Gestalten umschlingt,
ein Katarakt von Körpern, die sich lieben wie Wogenschaum,
bis sie ins Meer treiben wie entwichene Lust.

Die Schreie sind ein Sausen von Pfählen, sind das Eingerammte,
heftige Verzweiflung im Anblick der kurzen Arme,
die sich zum Himmel recken und Monde erflehen,
schmerzgepeinigte Köpfe, die droben schlafen, rudern,
ohne noch zu atmen, wie trübe Folien.

Quiero saber si la noche ve abajo
cuerpos blancos de tela echados sobre tierra,
rocas falsas, cartones, hilos, piel, agua quieta,
pájaros como láminas aplicadas al suelo,
o rumores de hierro, bosque virgen al hombre.

Quiero saber altura, mar vago o infinito;
si el mar es esa oculta duda que me embriaga
cuando el viento traspone crespones transparentes,
sombra, pesos, marfiles, tormentas alargadas,
lo morado cautivo que más allá invisible
se debate, o jauría de dulces asechanzas.

Wissen will ich, ob die Nacht drunten
weiße Stoffkörper sieht, hingeworfen auf die Erde,
falsche Felsen, Pappgefilde, Fäden, Haut, ruhiges Wasser,
Vögel wie auf den Boden geklebte Folien,
oder Klirren von Eisen, Urwald für den Menschen.

Wissen will ich, was Höhe ist, unbestimmtes oder unendliches Meer;
ob das Meer dieser dunkle Zweifel ist, der mich berauscht,
wenn der Wind durchsichtige Kreppschleier von hier nach dort trägt,
Schatten, Gewichte, Elfenbeinstücke, ausgedehnte Unwetter,
das gefangene Schwarzviolett, das jenseits unsichtbar
sich wehrt, oder eine Meute lieblicher Ränke.

Pájaro como luna,
luna colgada o bella,
tan baja como un corazón contraído,
suspendida sin hilo de una lágrima oscura.

Esa tristeza contagiosa
en medio de la desolación de la nada,
sin un cuerpo hermosísimo,
sin un alma o cristal
contra lo que doblar un rayo bello.

La claridad del pecho o el mundo acaso,
en medio la medalla que cuelga,
ese beso cuajado en sangre pura,
doloroso músculo, corazón detenido.

Un pájaro solo – quizá sombra,
quizá la dolorosa lata triste,
el filo de ese pico que en algún labio
cortó unas flores, un amarillo estambre o polen luna.

Para esos rayos fríos,
soledad o medalla realizada,
espectro casi tangible
de una luna o una sangre o un beso al cabo.

Vogel wie Mond,
Mond, hangend oder schön,
so geduckt wie ein zusammengekrampftes Herz,
schwebend gehalten ohne Faden von einer dunklen Träne.

Diese ansteckende Traurigkeit
inmitten der Ödnis des Nichts,
ohne einen bildschönen Körper,
ohne eine Seele oder einen Kristall,
woran ein schöner Strahl sich brechen könnte.

Die Helle der Brust oder der Welt vielleicht,
in der Mitte die Medaille, die herabhängt,
dieser Kuß, geronnen zu lauter Blut,
schmerzender Muskel, stockendes Herz.

Ein einsamer Vogel – Schatten vielleicht,
vielleicht das schmerzende, traurige Konservenblech,
die Schneide jenes Schnabels, der von irgendeiner Lippe
ein paar Blüten abschnitt, ein gelbes Staubgefäß oder Mondblütenstaub.

Für diese kalten Strahlen,
Einsamkeit oder Medaille, Wirklichkeit geworden,
fast berührbares Gespenst
eines Mondes oder eines Blutes oder eines Kusses am Ende.

3

ELEGIEN UND ELEGISCHE GEDICHTE

ELEGÍAS Y POEMAS ELEGÍACOS

Vienes y vas ligero como el mar,
cuerpo nunca dichoso,
sombra feliz que escapas como el aire
que sostiene a los pájaros casi entero de pluma.

Dichoso corazón encendido en esta noche de invierno,
en este generoso alto espacio en el que tienes alas,
en el que labios largos casi tocan opuestos horizontes
como larga sonrisa o súbita ave inmensa.

Vienes y vas como el manto sutil,
como el recuerdo de la noche que escapa,
como el rumor del día que ahora nace
aquí entre mis dos labios o en mis dientes.

Tu generoso cuerpo, agua rugiente,
agua que cae como cascada joven,
agua que es tan sencillo beber de madrugada
cuando en las manos vivas se sienten todas las estrellas.

Peinar así la espuma o la sombra,
peinar – no – la gozosa presencia,
el margen de delirio en el alba,
el rumor de tu vida que respira.

Amar, amar, ¿quién no ama si ha nacido?,
¿quién ignora que el corazón tiene bordes,
tiene forma, es tangible a las manos,
a los besos recónditos cuando nunca se llora?

Tu generoso cuerpo que me enlaza,
liana joven o luz creciente,
agua teñida del naciente confín,
beso que llega con su nombre de beso.

Du kommst und gehst so leicht wie das Meer,
nie beseligter Leib,
glücklicher Schatten, der du entfliehst wie der Wind,
der die Vögel trägt, fast selber nur noch Gefieder.

Beseligtes Herz, flammend in dieser Winternacht,
in diesem großmütig hohen Raum, in dem du Flügel hast,
in dem lange Lippen fast von Horizont zu Horizont gehn
als langes Lächeln oder als jäher, unermeßlicher Vogel.

Du kommst und gehst wie der leichte Umhang,
wie die Erinnerung der Nacht, die nun entflieht,
wie das Rauschen des Tags, das eben zur Welt kommt,
hier zwischen meinen zwei Lippen oder auf meinen Zähnen.

Dein großmütiger Körper, tosendes Wasser,
Wasser, fallend wie eine junge Kaskade,
Wasser, das so schlicht sich trinken läßt in der Dämmerfrühe,
wenn man in den lebendigen Händen alle Sterne spürt.

So den Gischt zu kämmen oder die Dunkelheit,
kämmen – nein – die lustvolle Gegenwart,
den Saum des Taumels im ersten Licht,
das Rauschen deines Lebens, das atmet.

Lieben, lieben – wer liebt nicht, wenn er geboren ist?
Wer weiß nicht, daß das Herz Ränder hat,
daß es Form hat, betastbar für die Hände,
für die heimlichen Küsse, wenn man niemals weint?

Dein großmütiger Körper, der mich umschlingt,
junge Liane oder wachsendes Licht,
Wasser, getönt schon von den Farben der erwachenden Ferne,
Kuß, der herkommt mit seinem eigenen Namen, Kuß.

Tu generoso cuerpo que no huye,
que permanece quieto tendido como la sombra,
como esa mirada humilde de una carne
que casi toda es párpado vencido.

Todo es alfombra o césped, o el amor o el castigo.
Amarte así como el suelo casi verde
que dulcemente curva un viento cálido,
viento con forma de este pecho
que sobre ti respira cuando lloro.

Dein großmütiger Körper, der nicht flieht,
der dableibt, ruhig hingebreitet wie der Schatten,
wie dieser demütige Blick eines Fleisches,
das fast ganz ein bezwungenes Lid ist.

Alles ein Teppich oder Rasen, oder die Liebe oder die Strafe.
So dich zu lieben wie den beinahe grünen Boden,
den ein warmer Windhauch gelinde wellt,
Wind, geformt wie diese Brust,
die über dir atmet, wenn ich weine.

El mar, la tierra, el cielo, el fuego, el viento,
el mundo permanente en que vivimos,
los astros remotísimos que casi nos suplican,
que casi a veces son una mano que acaricia los ojos.

Esa llegada de la luz que descansa en la frente.
¿De dónde llegas, de dónde vienes, amorosa forma que siento
respirar,
que siento como un pecho que encerrara una música,
que siento como el rumor de unas arpas angélicas,
ya casi cristalinas como el rumor de los mundos?

¿De dónde vienes, celeste túnica que con forma de rayo luminoso
acaricias una frente que vive y sufre, que ama como lo vivo?;
¿de dónde tú, que tan pronto pareces el recuerdo de un fuego
ardiente como el hierro que señala,
como te aplacas sobre la cansada existencia de una cabeza
que te comprende?

Tu roce sin gemido, tu sonriente llegada como unos labios
de arriba,
el murmurar de tu secreto en el oído que espera,
lastima o hace soñar como la pronunciación de un nombre
que sólo pueden decir unos labios que brillan.

Contemplando ahora mismo estos tiernos animalitos que giran
por tierra alrededor,
bañados por tu presencia o escala silenciosa,
revelados a su existencia, guardados por la mudez
en la que sólo se oye el batir de las sangres.

Mirando esta nuestra propia piel, nuestro cuerpo visible
porque tú lo revelas, luz que ignoro quién te envía,
luz que llegas todavía como dicha por unos labios,

DAS LICHT

Das Meer, die Erde, der Himmel, das Feuer, der Wind,
die beständige Welt, in der wir leben,
die entferntesten Gestirne, die uns fast anflehn,
die manchmal fast eine Hand sind, welche die Augen liebkost.

Dieses Nahen des Lichts, das ausruht auf der Stirn.
Woher kommst du, woher stammst du, zärtliche Form, die ich
atmen fühle,
die ich fühle wie eine Brust, die eine Musik in sich birgt,
die ich fühle wie das Rauschen von Engelsharfen,
schon kristallklar fast wie das Rauschen der Welten.

Woher kommst du, himmlische Tunika, die du als leuchtender Strahl
eine Stirne liebkost, die lebt und leidet, die liebt wie das Lebendige?
Woher du, das bald der Erinnerung eines lodernden Feuers gleicht,
bald dem Eisen, das brandmarkt?
Wie sänftigst du dich auf dem müden Dasein eines Kopfes, der dich
begreift?

Deine sachte Berührung ohne Seufzen, deine lächelnde Ankunft wie
Lippen von oben,
das Murmeln deines Geheimnisses in dem Ohr, das wartet,
es tut weh oder macht träumen wie die Nennung eines Namens,
den nur Lippen sprechen können, die glänzen.

Betrachtend jetzt im Augenblick diese kleinen, zarten Tiere,
die rings auf der Erde wimmeln,
überrieselt von deiner Gegenwart oder Tonleiter ohne Laut,
offenbart dem eignen Dasein, bewahrt durch die Stummheit,
in der man allein das Pochen vielfachen Blutes hört.

Schauend diese unsere eigene Haut, unseren Körper, sichtbar,
da du ihn offenbarst, Licht, von dem ich nicht weiß, wer dich schickt,
Licht, das noch immer kommt wie von Lippen gesprochen,

con la forma de unos dientes o de un beso suplicado,
con todavía el calor de una piel que nos ama.

Dime, dime quién es, quién me llama, quién me dice,
quién clama,
dime qué es este envío remotísimo que suplica,
qué llanto a veces escucho cuando eres sólo una lágrima.
Oh tú, celeste luz temblorosa o deseo,
fervorosa esperanza de un pecho que no se extingue,
de un pecho que se lamenta como dos brazos largos
capaces de enlazar una cintura en la tierra.

¡Ay amorosa cadencia de los mundos remotos,
de los amantes que nunca dicen sus sufrimientos,
de los cuerpos que existen, de las almas que existen,
de los cielos infinitos que nos llegan con su silencio!

in Gestalt von Zähnen oder von einem erflehten Kuß,
noch immer mit der Wärme einer Haut, die uns liebt.

Sag mir, sag mir, wer ist es, wer ruft mich, wer spricht zu mir,
wer schreit,
sag mir, was soll die Sendung von weit, weit her, die so fleht,
welches Schluchzen höre ich zuweilen, wenn du bloß eine Träne bist.
O du, zitterndes Himmelslicht oder Sehnsucht,
fiebernde Hoffnung einer Brust, die nicht erlischt,
einer Brust, jammernd wie zwei lange Arme,
die fähig sind, eine Hüfte zu umschlingen auf der Erde.

Ach, zärtlicher Rhythmus der entlegenen Welten,
der Liebenden, die nie ihr Leiden sagen,
der Körper, die es gibt, der Seelen, die es gibt,
der unendlichen Himmel, die zu uns kommen mit ihrem Schweigen.

Duele la cicatriz de la luz,
duele en el suelo la misma sombra de los dientes,
duele todo,
hasta el zapato triste que se lo llevó el río.

Duelen las plumas del gallo,
de tantos colores
que la frente no sabe qué postura tomar
ante el rojo cruel del poniente.

Duele el alma amarilla o una avellana lenta,
la que rodó mejilla abajo cuando estábamos dentro del agua
y las lágrimas no se sentían más que al tacto.

Duele la avispa fraudulenta
que a veces bajo la tetilla izquierda
imita un corazón o un latido,
amarilla como el azufre no tocado
o las manos del muerto a quien queríamos.

Duele la habitación como la caja del pecho,
donde palomas blancas como sangre
pasan bajo la piel sin pararse en los labios
a hundirse en las entrañas con sus alas cerradas.

Duele el día, la noche,
duele el viento gemido,
duele la ira o espada seca,
aquello que se besa cuando es de noche.

Tristeza. Duele el candor, la ciencia,
el hierro, la cintura,
los límites y esos brazos abiertos, horizonte
como corona contra las sienes.

Es schmerzt das Wundmal des Lichts,
es schmerzt am Boden selbst der Schatten der Zähne,
alles schmerzt,
sogar der traurige Schuh, den der Fluß mit sich fortgenommen.

Es schmerzen die Federn des Hahns,
so reich an Farben,
daß die Stirne nicht weiß, wie sich verhalten
vor dem grausamen Rot des Sonnenuntergangs.

Es schmerzt die gelbe Seele oder eine träge Haselnuß,
die hinabrollte über die Wange, als wir im Wasser waren
und man die Tränen nur beim Berühren spürte.

Es schmerzt die trügerische Wespe,
die manchmal unter der linken Brustwarze
ein Herz nachahmt oder einen Pulsschlag,
gelb wie der unberührte Schwefel
oder die Hände des Toten, den wir liebten.

Es schmerzt die Wohnung wie der Brustkasten,
wo weiße Tauben wie Blut
unter der Haut hindurchziehn, ohne auf den Lippen zu verweilen,
um mit geschlossenen Flügeln einzutauchen ins Eingeweide.

Es schmerzt der Tag, die Nacht,
es schmerzt das Windgestöhn,
es schmerzt die Wut oder trockene Klinge,
das, was man küßt, wenn es Nacht ist.

Traurigkeit. Es schmerzt das Weiß der Unschuld, die Wissenschaft,
das Eisen, der Gürtel,
die Grenzen und diese offenen Arme, Horizont
wie eine Krone, drückend gegen die Schläfen.

Duele el dolor. Te amo.
Duele, duele. Te amo.
Duele la tierra o uña,
espejo en que estas letras se reflejan.

Es schmerzt der Schmerz. Ich liebe dich.
Es schmerzt, es schmerzt. Ich liebe dich.
Es schmerzt die Erde oder ein Fingernagel,
Spiegel, in dem noch einmal die Lettern erscheinen.

Dime, dime el secreto de tu corazón virgen,
dime el secreto de tu cuerpo bajo tierra,
quiero saber por qué ahora eres un agua,
esas orillas frescas donde unos pies desnudos se bañan con espuma.

Dime por qué sobre tu pelo suelto,
sobre tu dulce hierba acariciada,
cae, resbala, acaricia, se va
un sol ardiente o reposado que te toca
como un viento que lleva sólo un pájaro o mano.

Dime por qué tu corazón como una selva diminuta
espera bajo tierra los imposibles pájaros,
esa canción total que por encima de los ojos
hacen los sueños cuando pasan sin ruido.

Oh tú, canción que a un cuerpo muerto o vivo,
que a un ser hermoso que bajo el suelo duerme,
cantas color de piedra, color de beso o labio,
cantas como si el nácar durmiera o respirara.

Esa cintura, ese débil volumen de un pecho triste,
ese rizo voluble que ignora el viento,
esos ojos por donde sólo boga el silencio,
esos dientes que son de marfil resguardado,
ese aire que no mueve unas hojas no verdes . . .

¡Oh tú, cielo riente que pasas como nube;
oh pájaro feliz que sobre un hombro ríes;
fuente que, chorro fresco, te enredas con la luna;
césped blando que pisan unos pies adorados!

Sag mir, sag mir das Geheimnis deines lauteren Herzens,
sag mir das Geheimnis deines Körpers unter der Erde,
ich will wissen, warum du jetzt ein Wasser bist,
diese kühlen Ufer, wo nackte Füße umspült sind vom Wellenschaum.

Sag mir, warum über dein loses Haar,
über dein sanftes, liebkostes Gras,
herabsinkt, rinnt, streichelt, schwindet
die Sonne, lodernd oder gelassen, die dich berührt
wie ein Wind, der nur einen Vogel bei sich hat oder eine Hand.

Sag mir, warum dein Herz wie ein winziger Urwald
unter der Erde die unmöglichen Vögel erwartet,
dieses allumfassende Lied, das über den Augen
die Träume machen, wenn sie geräuschlos vorbeiziehn.

O du, Lied, das einen toten oder lebendigen Leib,
ein schönes Wesen, schlafend unter dem Boden,
singt in der Farbe von Stein, Farbe von Kuß oder Lippe,
singt, als ob das Perlmutt schliefe oder atmete.

Diese Taille, diesen gebrechlichen Umfang einer traurigen Brust,
diese unstete Locke, die der Wind nicht beachtet,
diese Augen, durch die nur die Stille segelt,
diese Zähne, aus wohlgehütetem Elfenbein,
diese Luft, die keine Blätter ohne Grün bewegt...

O du, lachender Himmel, der du vorbeiwehst wie eine Wolke;
o glücklicher Vogel, der du lachst auf einer Schulter;
Quelle du, ein kühler Schwall, der sich verflicht mit dem Mond;
weicher Rasengrund, beschritten von zärtlich geliebten Füßen!

TRISTEZA O PÁJARO

Esa tristeza pájaro carnívoro;
la tarde se presta a la soledad destructora;
en vano el río canta en los dedos o peina,
peina cabellos, peces, algún pecho gastado.

Esa tristeza de papel más bien basto;
una caña sostiene un molinillo cansado;
el color rosa se pone amarillo,
lo mismo que los ojos sin pestañas.

El brazo es largo como el futuro de un niño;
mas para qué crecer si el río canta
la tristeza de llegar a un agua más fuerte,
que no puede comprender lo que no es tiranía.

Llegar a la orilla como un brazo de arena,
como niño que ha crecido de pronto
sintiendo sobre el hombro de repente algún pájaro.
Llegar como unos labios salobres que se llagan.

Pájaro que picotea pedacitos de sangre,
sal marina o rosada para el pájaro amarillo,
para ese brazo largo de cera fina y dulce
que se estira en el agua salada al deshacerse.

TRAURIGKEIT ODER VOGEL

Diese Traurigkeit, fleischfressender Vogel;
der Abend überläßt sich der zerstörerischen Einsamkeit;
vergeblich singt der Fluß in den Fingern oder kämmt,
kämmt Haare, Fische, irgendeine verschlissene Brust.

Diese Traurigkeit aus Papier von recht grober Art;
eine Röhre hält eine müde kleine Mühle in Gang;
die rosige Farbe wird gelb,
genau wie die Augen ohne Wimpern.

Der Arm ist lang wie die Zukunft eines Kindes;
doch wozu wachsen, wenn der Fluß singt,
wie traurig es sei, an ein stärkeres Wasser zu kommen,
das nichts begreifen kann, was nicht Gewaltherrschaft ist.

An das Ufer kommen wie ein Arm aus Sand,
wie ein Kind, das plötzlich gewachsen ist,
als es auf der Schulter unverhofft einen Vogel spürt.
Kommen wie salzige Lippen, die sich mit Schwären bedecken.

Vogel, der kleine Blutbröckchen pickt,
Meersalz oder Rosensalz für den gelben Vogel,
für diesen langen Arm aus feinem und süßem Wachs,
der sich ausstreckt im salzigen Wasser, indem er zergeht.

Una tarde de otoño caída del occidente
exactamente como la misma primavera.
Una sonrisa caliente de la nuca
que se vuelve y difícilmente nos complace.
Una nube redonda como lágrima
que abreviase su existencia simplemente como el error:

todo lo que es un paño ante los ojos,

suavemente transcurre en medio de una música indefinible,
nacida en el rincón donde las palabras no se tocan,
donde el sonido no puede acariciarse
por más que nuestros pechos se prolonguen,
por más que flotantes sobre su eco
olvidemos el peso del corazón sobre una sombra.

Alíviame.
La barca sosegada,
el transcurrir de un día o superficie,
ese resbalamiento justo de dos dimensiones,
tiene la misma sensación de un nombre,
de un sollozo doblado en tres o muerto,
cuidadosamente embalado.

Bajo cintas o arrugas,
bajo papeles color de vino añejo,
bajo láminas de esmeralda de las que no sale ya música,
la huella de una lágrima, de un dedo, de un marfil o de
un beso
se ha ido levemente apagando,
creciendo con los años,
muriendo con los años,
lo mismo que un adiós,
lo mismo que un pañuelo blanco que de pronto se queda quieto.

FÜLLE

Ein Herbstabend, herabgesunken von West,
genau wie der Frühling auch.
Ein warmes Lächeln des Nackens,
der sich umdreht und noch eben uns den Gefallen tut.
Eine Wolke, rund wie eine Träne,
die ihr Dasein einfach zusammenfaßt als Irrtum:

alles nur ein Tuch vor den Augen,

sanft läuft sie dahin inmitten einer unbestimmbaren Musik,
geboren in dem Winkel, wo die Worte sich nicht berühren,
wo man den Laut nicht liebkosen kann,
auch wenn unsere Brust sich noch so strecken mag,
auch wenn wir, hintreibend über ihrem Echo,
vergessen das Gewicht des Herzens auf einem Schatten.

Erleichtere mich.
Der gelassene Nachen,
das Verstreichen eines Tages oder einer Oberfläche,
dieses passende Gleiten von zwei Dimensionen,
hat dieselbe Wirkung wie ein Name,
wie ein Schluchzen, dreifach gefaltet oder tot,
sorgsam verstaut.

Unter Bändern oder Falten,
unter Papieren von der Farbe abgelagerten Weins,
unter Platten von Smaragd, denen keine Musik mehr entströmt,
die Spur einer Träne, eines Fingers, eines Elfenbeins oder
eines Kusses,
die leise erlöschend vergangen ist,
wachsend mit den Jahren,
sterbend mit den Jahren,
wie ein Lebwohl,
wie ein weißes Taschentuch, das auf einmal sich nicht mehr regt.

Si repasamos suavemente la memoria,
si desechando vanos ruidos o inclemencias o estrépito,
o nauseabundo pájaro de barro contagiable,
nos echamos sobre el silencio como palos adormecidos,
como ramas en un descanso olvidadas del verde,
notaremos que el vacío no es tal, sino él, sino
        nosotros,
sino lo entero o todo, sino lo único.
Todo, todo, amor mío, es verdad, es ya ello.
Todo es sangre o amor o latido o existencia,
todo soy yo que siento cómo el mundo se calla
y cómo así me duelen el sollozo o la tierra.

Wenn wir die Erinnerung nochmal in Sanftmut durchstreifen,
wenn wir sinnloses Lärmen meiden, Unbarmherzigkeit oder Getöse,
oder den eklen Vogel aus krankheiterregendem Kot,
und uns fallen lassen in die Stille wie schlafbenommene Stämme,
wie Zweige in Ruhe, ohne Gedanken ans Grün,
so werden wir merken, daß die Leere nicht Leere ist, sondern sie,
        sondern wir,
sondern das Ganze oder alles, sondern das Einzige.
Alles, alles, meine Liebe, ist Wahrheit, ist schon Es.
Alles ist Blut oder Liebe oder Pulsschlag oder Dasein,
alles bin ich, der ich fühle, wie die Welt verstummt
und wie mich damit schmerzt das Schluchzen oder die Erde.

Corazón negro.
Enigma o sangre de otras vidas pasadas,
suprema interrogación que ante los ojos me habla,
signo que no comprendo a la luz de la luna.

Sangre negra, corazón dolorido que desde lejos la envías
a latidos inciertos, bocanadas calientes,
vaho pesado de estío, río en que no me hundo,
que sin luz pasa como silencio, sin perfume ni amor.

Triste historia de un cuerpo que existe como existe un
planeta,
como existe la luna, la abandonada luna,
hueso que todavía tiene un claror de carne.

Aquí, aquí en la tierra echado entre unos juncos,
entre lo verde presente, entre lo siempre fresco,
veo esa pena o sombra, esa linfa o espectro,
esa sola sospecha de sangre que no pasa.

¡Corazón negro, origen del dolor o la luna,
corazón que algún día latiste entre unas manos,
beso que navegaste por unas venas rojas,
cuerpo que te ceñiste a una tapia vibrante!

SCHWARZES HERZ

Schwarzes Herz.
Rätsel oder Blut von andren, vergangenen Leben,
letzte Frage, die vor den Augen mich anspricht,
Zeichen, das ich nicht verstehe im Licht des Mondes.

Schwarzes Blut, schmerzendes Herz du, das von ferne es herschickt
mit unsicheren Schlägen, warmen Schüben,
schwerer Dunsthauch des Sommers, Fluß, in den ich nicht tauche,
der ohne Licht vorbeiströmt wie Schweigen, ohne Duft oder Liebe.

Traurige Geschichte eines Körpers, der existiert, wie ein Planet
existiert,
wie der Mond existiert, der verlassene Mond,
Gebein, dem noch ein fahler Schein von Fleisch anhaftet.

Hier, hier auf der Erde, hingeworfen zwischen Binsen,
zwischen vorhandenem Grün, zwischen dem immer Frischen,
sehe ich diese Qual oder Schatten, diese Lymphe oder dieses Gespenst,
diese bloße Ahnung von Blut, die nicht vorbeigeht.

Schwarzes Herz, Ursprung des Schmerzes oder Mond,
Herz du, das einstens pochte zwischen zwei Händen,
Kuß, der dahingesegelt durch rote Adern,
Leib, der sich angeklammert an ein bebendes Lehmgemäuer!

La celeste marca del amor en un campo desierto
donde hace unos minutos lucharon dos deseos,
donde todavía por el cielo un último pájaro se escapa,
caliente pluma que unas manos han retenido.

Espera, espera siempre.
Todavía llevas
el radiante temblor de una piel íntima,
de unas celestes manos mensajeras
que al cabo te enviaron para que te reflejases
en el corazón vivo,
en ese oscuro hueco sin latido
del ciego y sordo y triste que en tierra duerme su opacidad
sin lengua.

Oh tú, tristísimo minuto en que el ave misteriosa,
la que no sé, la que nadie sabrá de dónde llega,
se refugia en el pecho de ese cartón besado,
besado por la luna que pasa sin sonido,
como un largo vestido o un perfume invisible.

Ay tú, corazón que no tiene forma de corazón;
caja mísera, cartón que sin destino quiere latir mientras
duerme,
mientras el color verde de los árboles próximos
se estira como ramas enlazándose sordas.

¡Luna cuajante fría que a los cuerpos darías calidad
de cristal!
Que a las almas darías apariencia de besos;
en un bosque de palmas, de palomas dobladas,
de picos que se traman como las piedras inmóviles.

¡Luna, luna, sonido, metal duro o temblor:
ala, pavoroso plumaje que rozas un oído,
que musitas la dura cerrazón de los cielos,
mientras mientes un agua que parece la sangre!

Die himmlische Spur der Liebe in einem verödeten Feld,
wo wenige Minuten zuvor zwei Begierden noch kämpften,
wo am Himmel noch ein letzter Vogel entflieht,
warmes Gefieder, das Hände behutsam gehalten.

Warte, warte beständig.
Noch hast du an dir
das strahlende Zittern von einer vertrauten Haut,
von himmlischen Botenhänden,
die man schließlich dir schickte, damit du dich spiegeln könntest
in dem lebendigen Herzen,
in jener finstren, nie durchpulsten Höhlung
des Blinden, Tauben, Traurigen, der auf Erden schläft den Schlaf
seiner Düsternis ohne Zunge.

O du, allertraurigste Minute, da der geheimnisvolle Vogel,
von dem ich nicht weiß, von dem niemand wohl weiß, woher er kommt,
sich flüchtet in die Brust jenes geküßten Kartons,
geküßt vom Mond, der lautlos vorbeizieht,
wie ein langes Gewand oder unsichtbarer Duft.

Ach du, Herz, das nicht die Form eines Herzens hat;
erbärmliche Schachtel, Karton, der ohne Schicksal pochen will,
während er schläft,
während die grüne Farbe der nächsten Bäume
sich dehnt wie Zweige, die taub sich zusammenschließen.

Kältestarrender Mond, gäbest du doch den Körpern die Beschaffenheit
von Kristall!
Gäbest den Seelen du doch die Erscheinung von Küssen;
in einem Wald voller Palmen, voll zwiefacher Tauben,
voller Schnäbel, die sich verbünden wie die reglosen Steine.

Mond, Mondscheibe, Klang, hartes Metall oder Erzittern
Flügel, Schreckensfittich, der du ein Ohr streifst,
zischelnd von der harten Wolkenwand der Himmel,
während du ein Wasser vorlügst, das aussieht wie das Blut!

Sombra feliz del cabello
que se arrastra cuando el sol va a ponerse,
como juncos abiertos – es ya tarde;
fría humedad lasciva, casi polvo –.
Una ceniza delicada,
la secreta entraña del junco,
esa delicada sierpe sin veneno
cuya mirada verde no lastima.
Adiós. El sol ondea
sus casi rojos, sus casi verdes rayos.
Su tristeza como frente nimbada,
hunde. Frío, humedad; tierra a los labios.

SÄUMIGE FEUCHTE

Glücklicher Schatten des Haares,
der nachschleift, wenn die Sonne zu sinken beginnt,
wie lockere Binsen – es ist schon spät;
kalte, schlüpfrige Feuchte, beinahe Staub –.
Eine zarte Asche,
das geheime Innere der Binse,
diese zarte Schlange ohne Gift,
deren grüner Blick nicht verletzt.
Lebwohl. Die Sonne läßt
ihre fast roten, ihre fast grünen Strahlen wogen.
Ihre Traurigkeit, wie eine umgoldete Stirn,
versinkt. Kälte, Feuchte; Erde an den Lippen.

Cuánta tristeza en una hoja del otoño,
dudosa siempre en último término si presentarse como cuchillo.
Cuánta vacilación en el color de los ojos
antes de quedar frío como una gota amarilla.

Tu tristeza, minutos antes de morirte,
sólo comparable con la lentitud de una rosa cuando acaba,
esa sed con espinas que suplica a lo que no puede,
gesto de un cuello, dulce carne que tiembla.

Eras hermosa como la dificultad de respirar en un cuarto
cerrado.
Transparente como la repugnancia a un sol libérrimo,
tibia como ese suelo donde nadie ha pisado,
lenta como el cansancio que rinde al aire quieto.

Tu mano, bajo la cual se veían las cosas,
cristal finísimo que no acarició nunca otra mano,
flor o vidrio que, nunca deshojado,
era verde al reflejo de una luna de hierro.

Tu carne, en que la sangre detenida apenas consentía
una triste burbuja rompiendo entre los dientes,
como la débil palabra que casi ya es redonda
detenida en la lengua dulcemente de noche.

Tu sangre, en que ese limo donde no entra la luz
es como el beso falso de unos polvos o un talco,
un rostro en que destella tenuemente la muerte,
beso dulce que da una cera enfriada.

Oh tú, amoroso poniente que te despides como dos brazos
largos
cuando por una ventana ahora abierta a ese frío
una fresca mariposa penetra,

Wieviel Traurigkeit in einem herbstlichen Blatt,
unschlüssig immer, ob es nicht doch als Messer sich zeigen soll.
Wieviel Schwanken im Farbton der Augen,
bevor er erkaltet als ein gelber Tropfen.

Deine Traurigkeit, Minuten vor deinem Sterben,
vergleichbar nur dem Zögern, mit dem eine Rose endet,
diesem Durst mit Dornen, der das Unmögliche erfleht,
Gebärde eines Halses, liebliches Fleisch, das zittert.

Du warst schön wie die Mühsal des Atmens in einem verschlossenen
Zimmer.
Durchsichtig wie der Widerwille gegen eine zügellos freie Sonne,
Lau wie jener Boden, den noch niemand betreten,
langsam wie die Müdigkeit, der die ruhige Luft erliegt.

Deine Hand, unter der man die Dinge sah,
feinster Kristall, den noch nie eine andere Hand liebkoste,
Blüte oder Glas, niemals entblättert,
die grün war im Widerschein eines eisernen Mondes.

Dein Fleisch, in dem das gehemmte Blut
kaum ein trauriges Bläschen zuließ, zerplatzend zwischen den Zähnen,
wie das schwache Wort, das, kaum erst gerundet,
sanft gehemmt wird auf der Zunge bei Nacht.

Dein Blut, in dem jener Schlamm, wo das Licht nicht eindringt,
wie der falsche Kuß von Pülverchen oder Puder ist,
ein Gesicht, in dem zart erschimmernd der Tod sich zeigt,
süßer Kuß, gegeben von einem erkalteten Wachs.

O du, zärtlicher Sonnenuntergang, der du Lebwohl sagst wie zwei
ausgestreckte Arme,
wenn durch ein Fenster, offen nun dieser Kälte,
ein munterer Falter hereinkommt,

alas, nombre o dolor, pena contra la vida
que se marcha volando con el último rayo.

Oh tú, calor, rubí o ardiente pluma,
pájaros encendidos que son nuncio de la noche,
plumaje con forma de corazón colorado
que en lo negro se extiende como dos alas grandes.

Barcos lejanos, silbo amoroso, velas que no suenan,
silencio como mano que acaricia lo quieto,
beso inmenso del mundo como una boca sola,
como dos bocas fijas que nunca se separan.

¡Oh verdad, oh morir una noche de otoño,
cuerpo largo que viaja hacia la luz del fondo,
agua dulce que sostienes un cuerpo concedido,
verde o frío palor que vistes un desnudo!

zwei Flügel, Name oder Schmerz, Leid gegenüber dem Leben,
das davonfliegt mit dem letzten Strahl.

O du, Wärme, Rubin oder brennende Feder,
entflammte Vögel, Nachricht bringend von der nahenden Nacht,
Gefieder in Gestalt eines hellroten Herzens,
das im Schwarzen sich spreitet wie zwei große Schwingen.

Ferne Boote, zärtlicher Pfiff, Segel, die nicht knattern,
Schweigen wie eine Hand, die das Ruhige streichelt,
unermeßlicher Kuß der Welt wie ein einziger Mund,
wie zwei haftend erstarrte Münder, die niemals sich trennen.

O Wahrheit, o Sterben in einer Herbstnacht,
langgestreckter Leib, der dem Licht der Tiefe entgegenreist,
liebliches Wasser, das du einen Leib trägst, dir überlassen,
grüne oder kalte Fahlheit, die du einen Nackten kleidest!

4

No. ¡Basta!
Basta siempre.
Escapad, escapad; sólo quiero,
sólo quiero tu muerte cotidiana.

El busto erguido, la terrible columna,
el cuello febricente, la convocación de los robles,
las manos que son piedra, luna de piedra sorda
y el vientre que es el sol, el único extinto sol.

¡Hierba seas! Hierba reseca, apretadas raíces,
follaje entre los muslos donde ni gusanos ya viven,
porque la tierra no puede ni ser grata a los labios,
a esos que fueron, sí, caracoles de lo húmedo.

Matarte a ti, pie inmenso, yeso escupido,
pie masticado días y días cuando los ojos sueñan,
cuando hacen un paisaje azul cándido y nuevo
donde una niña entera se baña sin espuma.

Matarte a ti, cuajarón redondo, forma o montículo,
materia vil, vomitadura o escarnio,
palabra que pendiente de unos labios morados
ha colgado en la muerte putrefacta o el beso.

No. ¡No!
Tenerte aquí, corazón que latiste entre mis dientes
        larguísimos,
en mis dientes o clavos amorosos o dardos,
o temblor de tu carne cuando yacía inerte
como el vivaz lagarto que se besa y se besa.

Tu mentira catarata de números,
catarata de manos de mujer con sortijas,
catarata de dijes donde pelos se guardan,

Nein. Genug!
Für immer genug.
Entflieht, entflieht; ich will nur,
will nur deinen täglichen Tod.

Der aufrechte Rumpf, die schreckliche Säule,
der fiebernde Hals, der fordernde Ruf der Eichen,
die Hände, die Stein sind, Mond aus taubem Gestein,
und der Bauch, der die Sonne ist, die einzige erloschene Sonne.

Werde zu Gras! Verdorrtes Gras, verknäultes Wurzelwerk,
Laubmasse zwischen den Schenkeln, wo nicht einmal Würmer noch leben,
denn die Erde kann nicht einmal den Lippen behagen,
ihnen, die doch Schnecken der Feuchte waren.

Dich töten, ungeheurer Fuß, ausgespiener Gips,
Fuß, Tag um Tag zerkaut, solang die Augen träumen,
solang sie eine blaue, einfältig frische Landschaft bilden,
wo ein makelloses Mädchen badet in Wellen ohne Schaum.

Dich töten, dich, rund verklumptes Gerinnsel, Gestalt oder Haufen,
gemeine Materie, Erbrochenes oder Spottgebild,
Wort, das, an violetten Lippen haftend,
herabgehangen ist in den verwesten Tod oder den Kuß.

Nein. Nein!
Dich hier haben, Herz, das pochte zwischen meinen entsetzlich
langen Zähnen,
an meinen Zähnen oder zärtlichen Nägeln oder Speeren,
oder am Zittern deines Fleisches, wenn es reglos dalag
wie die zähe Echse, die man wieder und wieder küßt.

Deine Lüge, ein Zahlenkatarakt,
ein Katarakt von beringten Frauenhänden,
Katarakt von Medaillons, in denen Haare verwahrt sind,

donde ópalos u ojos están en terciopelos,
donde las mismas uñas se guardan con encajes.

Muere, muere como el clamor de la tierra estéril,
como la tortuga machacada por un pie desnudo,
pie herido cuya sangre, sangre fresca y novísima,
quiere correr y ser como un río naciente.

Canto el cielo feliz, el azul que despunta,
canto la dicha de amar dulces criaturas,
de amar a lo que nace bajo las piedras limpias,
agua, flor, hoja, sed, lámina, río o viento,
amorosa presencia de un día que sé existe.

in denen Opale und Augen auf Samt gebettet liegen,
wo selbst die Fingernägel noch auf Spitzentüchlein gebahrt sind.

Stirb, stirb wie das Jammern der fruchtlosen Erde,
wie die Schildkröte, die ein nackter Fuß zerquetscht hat,
ein verwundeter Fuß, dessen Blut, ein frisches, quelljunges Blut,
so laufen und leben will wie ein eben entspringender Fluß.

Ich singe den glücklichen Himmel, die Bläue, die knospend aufbricht,
singe das Glück, sanfte Geschöpfe zu lieben,
zu lieben, was zur Welt kommt unter den reinen Steinen,
Wasser, Blume, Blatt, Lamelle, Fluß oder Wind,
liebevolle Gegenwart eines Tages, von dem ich weiß: er ist da.

Brilla la luna entre el viento de otoño,
en el cielo luciendo como un dolor largamente sufrido.
Pero no será, no, el poeta quien diga
los móviles ocultos, indescifrable signo
de un cielo líquido de ardiente fuego que anegara las
almas,
si las almas supieran su destino en la tierra.

La luna como una mano,
reparte con la injusticia que la belleza usa,
sus dones sobre el mundo.
Miro unos rostros pálidos.
Miro rostros amados.
No seré yo quien bese ese dolor que en cada rostro
asoma.
Sólo la luna puede cerrar, besando,
unos párpados dulces fatigados de vida.
Unos labios lucientes, labios de luna pálida,
labios hermanos para los tristes hombres,
son un signo de amor en la vida vacía,
son el cóncavo espacio donde el hombre respira
mientras vuela en la tierra ciegamente girando.

El signo del amor, a veces en los rostros queridos
es sólo la blancura brillante,
la rasgada blancura de unos dientes riendo.
Entonces sí que arriba palidece la luna,
los luceros se extinguen
y hay un eco lejano, resplandor en oriente,
vago clamor de soles por irrumpir pugnando.
¡Qué dicha alegre entonces cuando la risa fulge!
Cuando un cuerpo adorado,
erguido en su desnudo, brilla como la piedra,
como la dura piedra que los besos encienden.
Mirad la boca. Arriba relámpagos diurnos

Es glänzt der Mond im wehenden Herbstwind,
am Himmel leuchtend wie ein lange erlittener Schmerz.
Aber nicht der Dichter, nein, nicht er wird benennen
die geheimen Antriebe, undeutbares Zeichen
eines flüssigen Himmels aus loderndem Feuer, der die Seelen überfluten
würde,
wüßten die Seelen ihre Bestimmung auf der Erde.

Der Mond wie eine Hand,
er verteilt mit der Ungerechtigkeit, die der Schönheit eigen,
seine Gaben auf die Welt.
Ich schaue bleiche Gesichter.
Ich schaue geliebte Gesichter.
Nicht ich werde es sein, der diesen Schmerz küßt, welcher in jedem
Gesicht erscheint.
Nur der Mond kann küssend
lebensmüde, liebliche Lider schließen.
Leuchtende Lippen, blasse Mondlichtlippen,
Bruderlippen für die traurig leidenden Menschen,
sie sind ein Zeichen der Liebe im leeren Leben,
sind der Hohlraum, wo der Mensch Atem holt,
während er fliegt mit der Erde, die in Blindheit kreist.

Das Zeichen der Liebe, zuweilen ist es in den geliebten Gesichtern
nur das glänzende Weiß,
das als Schlitz aufblitzende Weiß von lachenden Zähnen.
Dann freilich verblaßt da droben der Mond,
die Gestirne erlöschen,
und ein fernes Echo kommt, ein Schimmern im Osten,
dumpfes Gedröhn von Sonnen, die mit Macht den Einbruch erzwingen.
Welch fröhliches Glück alsdann, wenn endlich das Lachen funkelt!
Wenn ein angebeteter Leib,
aufrecht in seiner Nacktheit, glänzt wie der bloße Stein,
wie der harte Stein, den die Küsse entflammen.
Schaut an den Mund. Droben durchzucken Taglichtblitze

cruzan un rostro bello, un cielo en que los ojos
no son sombra, pestañas, rumorosos engaños,
sino brisa de un aire que recorre mi cuerpo
como un eco de juncos espigados cantando
contra las aguas vivas, azuladas de besos.

El puro corazón adorado, la verdad de la vida,
la certeza presente de un amor irradiante,
su luz sobre los ríos, su desnudo mojado,
todo vive, pervive, sobrevive y asciende
como un ascua luciente de deseo en los cielos.

Es sólo ya el desnudo. Es la risa en los dientes.
Es la luz o su gema fulgurante: los labios.
Es el agua que besa unos pies adorados,
como un misterio oculto a la noche vencida.

¡Ah maravilla lúcida de estrechar en los brazos
un desnudo fragante, ceñido de los bosques!
¡Ah soledad del mundo bajo los pies girando,
ciegamente buscando su destino de besos!
Yo sé quien ama y vive, quien muere y gira y vuela.
Sé que lunas se extinguen, renacen, viven, lloran.
Sé que dos cuerpos aman, dos almas se confunden.

ein schönes Gesicht, einen Himmel, in dem die Augen
nicht Schatten sind, Wimpern, dunkel munkelnder Trug,
sondern ein leiser Hauch von Luft, die meinen Körper durchläuft
wie ein Hall von hohen singenden Binsen
hin zu den lebendigen Wassern, blauend von Küssen.

Das geliebte, lautere Herz, die Wahrheit des Lebens,
die Gewißheit, Gegenwart einer strahlenden Liebe,
ihr Licht über den Flüssen, ihre benetzte Nacktheit,
alles lebt, lebt fort, überlebt und fährt auf
in die Himmel wie ein leuchtendes Glutstück der Sehnsucht.

Nur noch der nackte Leib ist's. Das Lachen in den Zähnen.
Das Licht oder seine schimmernde Knospe: die Lippen.
Das Wasser ist's, zwei geliebte Füße küssend,
wie ein Mysterium, der besiegten Nacht verborgen.

Ach, lichtes Wunder, in die Arme zu schließen
einen nackten, duftenden Leib, umringt von den Wäldern.
Ach, Einsamkeit der Welt, kreisend unter den Füßen,
blindlings suchend nach den Küssen, die ihre Bestimmung sind!
Ich weiß, wer liebt und lebt, wer stirbt und kreist und fliegt.
Ich weiß, daß Monde erlöschen, wiedergeboren werden, leben, weinen.
Ich weiß, daß zwei Körper lieben, zwei Seelen in eins verschmelzen.

La severidad del mundo, estameña,
el traje de la mujer amada,
el camino de las hormigas por un cuerpo hermosísimo,
no impiden esa tos en el polvo besado,
mientras bajo las nubes bogan aves ligeras.

La memoria como el hilo o saliva,
la miel ingrata que se enreda al tobillo,
esa levísima serpiente que te incrusta su amor
como dos letras sobre la piel odiada.
Esa subida lenta del crepúsculo más rosado,
crecimiento de escamas en que la frialdad es viscosa,
es el roce de un labio independiente
sobre la tierra húmeda,
cuando la sierpecilla mira,
mira, mira a los ojos,
a esa paloma núbil que aletea en la frente.

La noche sólo es un traje.
No sirve rechazar juncos alegando que se trata de
dientes,
o de pesares cuya falta de raíz es lo blanco,
o que el fango son palabras deshechas,
las masticadas después del amor,
cuando por fin los cuerpos se separan.
No sirve pretender que la luna equivale al brillo de un ropaje
algo inútil,
o que es mejor aquella desnudez ardiente,
– si la rana cantando dice que el verde es verde
y que las uñas se ablandan en el barro
por más que el mundo entero intente una seriedad córnea.

Basta entonces sentarse en un ribazo.

Die Strenge der Welt, rauher Stoff,
das Kleid der geliebten Frau,
der Weg der Ameisen über einen bildschönen Körper,
sie verhindern nicht diesen Husten in dem geküßten Staub,
während unter den Wolken leichtfiedrige Vögel rudern.

Die Erinnerung wie der Faden oder Speichel,
der unerwünschte Honig, der sich um den Knöchel windet,
die schwerelose Schlange, die ihre Liebe dir einpreßt
wie zwei Buchstaben auf der gehaßten Haut.
Dieser langsame Anstieg des rosiger werdenden Dämmerns,
das Wuchern von Schuppen, an denen die Kälte klebrig wird,
ist das Streifen einer unabhängigen Lippe
über die feuchte Erde,
wenn das Schlänglein aufblickt,
aufblickt, aufblickt zu den Augen,
zu dieser heiratsreifen Traube, die ihm zu Häupten flattert.

Die Nacht ist nur ein Kleid.
Es nützt nichts, Binsen abzulehnen mit der Behauptung, es handle sich
um Zähne,
oder um Sorgen, deren Wurzellosigkeit das Weiße ist,
oder daß der Schlamm zersetzte Wörter sind,
die man wiederkaut, wenn die Liebe vorüber ist
und die Körper schließlich sich trennen.
Es nützt nichts, so zu tun, als bedeute der Mond das gleiche wie
der Glanz einer nicht recht brauchbaren Robe,
oder zu proklamieren, besser sei jene flammende Nacktheit
– wenn der singende Frosch sagt, daß das Grün grün ist
und daß die Klauen im Morast sich erweichen,
sosehr auch die ganze Welt sich um hörnernen Ernst bemüht.

Es genügt also, sich auf eine Böschung zu setzen.

O basta acaso, apoyando ese codo que sólo poseemos
desde ayer,
escuchar mano en mejilla
la promesa de dicha que canta un pez regalado,
esa voz, no de junco,
que por una botella
emite un alga triste – algo que se parece a un espejo cansado.

Escuchando esa música
se comprende que el bosque cambie de sitio,
que de pronto el corazón se trueque por un monte
o que sencillamente se alargue un brazo para repiquetear
sobre el cristal del crepúsculo.

Todo es fácil.
Es fácil amenizar la hora siniestra
tomando la forma de una harmónica,
de ese inútil juguete que en el borde de un río
jamás conseguirá imitar su canción,
o de ese peine inusado
que entre la hierba fresca
no pretende confundirse con la Primavera,
por saber que es inútil.

Mejor sería entonces levantarse y, abandonando brazos como
dos flores largas,
emprender el camino del poniente,
a ver si allá se comprueba lo que ya es tan sabido,
que la noche y el día no son lo negro o lo blanco,
sino la boca misma que duerme entre las rocas,
cuyo alterno respiro
no es el beso o el no beso,
sino el polvo que llueve sobre la tierra mísera.

Oder es genügt vielleicht, wenn man diesen Ellbogen aufstützt, den
wir erst seit gestern besitzen,
und, die Wange in die Hand gelehnt,
der Glücksverheißung lauscht, die ein ergötzlicher Fisch uns vorsingt,
dieser Stimme, nicht von Binsen,
die eine traurige Alge durch eine Flasche
entsendet – etwas, das einem ermatteten Spiegel gleicht.

Lauschend dieser Musik
begreift man, daß der Wald seinen Standort verändert,
daß plötzlich das Herz eingetauscht wird gegen einen Berg,
oder daß einfach ein Arm sich ausstreckt, um auf die Glasscheibe
der Dämmerung mit den Fingern zu trommeln.

Alles ist leicht.
Es ist leicht, die düstere Stunde vergnüglich zu machen,
indem man die Gestalt einer Mundharmonika annimmt,
jenes unnützen Spielzeugs, das am Rande des Flusses
es niemals schaffen wird, dessen Gesang zu imitieren,
oder die Gestalt dieses unbenutzten Kammes,
der im frischen Gras
gar nicht den Anspruch erhebt, mit dem Frühling verwechselt zu werden,
weil er weiß, daß es zwecklos ist.

Besser wäre es also, sich selbst zu erheben, die Arme sinken zu
lassen wie zwei langstielige Blumen
und den Weg gen Sonnenuntergang anzutreten,
um zu sehn, ob sich dort bestätigt, was bereits allbekannt ist,
daß die Nacht und der Tag nicht das Schwarze oder das Weiße sind,
sondern derselbe Mund, der zwischen den Felsen schläft,
und dessen wechselnder Atem
nicht der Kuß ist oder der Nicht-Kuß,
sondern der Staub, der herniederrieselt auf die erbärmliche Erde.

Viento negro secreto que sopla entre los huesos,
sangre del mar que tengo entre mis venas cerradas,
océano absoluto que soy cuando, dormido,
irradio verde o fría una ardiente pregunta.

Viento de mar que ensalza mi cuerpo hasta sus
cúmulos,
hasta el ápice aéreo de sus claras espumas,
donde ya la materia cabrillea, o lucero,
cuerpo que aspira a un cielo, a una luz propia y fija.

Cuántas veces de noche rodando entre las nubes,
o acaso bajo tierra,
o bogando con forma de pez vivo,
o rugiendo en el bosque como fauce o marfil;
cuántas veces arena, gota de agua o voz sólo,
cuántas, inmensa mano que oprime un mundo alterno.

Soy tu sombra, camino que me lleva a ese límite,
a ese abismo sobre el que el pie osaría,
sobre el que acaso quisiera volar como cabeza,
como sólo una idea o una gota de sangre.

Sangre o sol que se funden en el feroz encuentro,
cuando el amor destella a un choque silencioso,
cuando amar es luchar con una forma impura,
un duro acero vivo que nos refleja siempre.

Matar la limpia superficie sobre la cual golpeamos,
bruñido aliento que empañan los besos, no los pájaros,
superficie que copia un cielo estremecido,
como ese duro estanque donde no calan piedras.

Látigo de los hombres que se asoma a un espejo,
a ese bárbaro amor de lo impasible o entero,

Schwarzer, heimlicher Wind, der zwischen den Knochen hindurchstreicht,
Blut des Meeres, das meine geschlossenen Adern durchrollt,
unumschränkter Ozean, der ich bin, wenn im Schlaf ich
ausstrahle grün oder kalt eine brennende Frage.

Meerwind, der meinen Körper rühmend erhebt bis zu seinen
Gewitterwolken,
bis zum luftigen Gipfel seines leichten Gischtgewoges,
wo die Materie schon, sich kräuselnd, erschimmert, oder ein Morgenstern,
Körper, der einen Himmel erstrebt, ein eigenes, stetes Licht.

Wie oft bei Nacht, rollend zwischen den Wolken,
oder vielleicht unter der Erde,
oder rudernd in Gestalt eines lebendigen Fisches,
oder brüllend im Wald wie ein Rachen oder Elfenbein;
wie oft Sand, Wassertropfen oder nur Stimme,
wie oft, ungeheure Hand, die drückend lastet auf einer Wechselwelt.

Ich bin dein Schatten, Weg, der an diese Grenze mich führt,
an diesen Abgrund, über dem der Fuß es wagen würde,
über den er vielleicht gern fliegen wollte wie ein Kopf,
wie bloß ein Gedanke oder ein Tropfen Blut.

Blut oder Sonne, die verschmelzen in der wilden Begegnung,
wenn die Liebe aufblitzt beim lautlosen Zusammenprall,
wenn Lieben Kämpfen ist, mit einer unreinen Gestalt,
eine harte, lebendige Stahlklinge, die immer uns widerspiegelt.

Töten die reine Oberfläche, auf die wir einschlagen,
blankgeschliffener Atem, den die Küsse trüben, nicht die Vögel,
Oberfläche, die einen erschauernden Himmel wiedergibt,
wie der harte Weiher, in den keine Steine dringen.

Geißel der Menschen, die in einem Spiegel zum Vorschein kommt,
in dieser barbarischen Liebe zum Unerschütterlichen oder Unversehrten,

donde los dedos mueren como láminas siempre,
suplicando, gastados, un volumen perdido.

¡Ah maravilla loca de hollar el frío presente,
de colocar los pies desnudos sobre el fuego,
de sentir en los huesos el hielo que nos sube
hasta notar ya blanco el corazón inmóvil!

Todavía encendida una lengua de nieve
surte por una boca, como árbol o unas ramas.
Todavía las luces, las estrellas, el viso,
mandan luz, mandan aire, mandan amor o carne.

wo die Finger ersterben, immer flache Folien,
die abgenutzt ein verlorenes Volumen erflehen.

Ach, irres Wunder, die vorhandene Kälte zu zertreten,
die nackten Füße aufs Feuer zu setzen,
in den Knochen zu fühlen den Frost, der in uns aufsteigt,
bis wir merken, daß im Weiß das Herz schon erstarrt ist.

Noch flammt eine Zunge aus Schnee,
entquillt einem Mund, wie ein Baum oder ein paar Zweige.
Noch senden die Lichter, die Sterne, das Schillern,
senden Licht, senden Luft, senden Liebe oder Fleisch.

5

Sí, te he querido como nunca.

¿Por qué besar tus labios, si se sabe que la muerte está
próxima,
si se sabe que amar es sólo olvidar la vida,
cerrar los ojos a lo oscuro presente
para abrirlos a los radiantes límites de un cuerpo?

Yo no quiero leer en los libros una verdad que poco a poco
sube como un agua,
renuncio a ese espejo que dondequiera las montañas ofrecen,
pelada roca donde se refleja mi frente
cruzada por unos pájaros cuyo sentido ignoro.

No quiero asomarme a los ríos donde los peces colorados
con el rubor de vivir,
embisten a los orillas límites de su anhelo,
ríos de los que unas voces inefables se alzan,
signos que no comprendo echado entre los juncos.

No quiero, no; renuncio a tragar ese polvo, esa tierra dolorosa,
esa arena mordida,
esa seguridad de vivir con que la carne comulga
cuando comprende que el mundo y este cuerpo
ruedan como ese signo que el celeste ojo no entiende.

No quiero, no, clamar, alzar la lengua,
proyectarla como esa piedra que se estrella en la frente,
que quiebra los cristales de esos inmensos cielos
tras los que nadie escucha el rumor de la vida.

Quiero vivir, vivir como la hierba dura,
como el cierzo o la nieve, como el carbón vigilante,
como el futuro de un niño que todavía no nace,
como el contacto de los amantes cuando la luna los ignora.

Ja, ich hab dich geliebt wie nie zuvor.

Warum deine Lippen küssen, wenn man doch weiß, daß der Tod sehr
nahe ist,
wenn man weiß, daß lieben nur heißt: das Leben vergessen,
die Augen verschließen vor dem Dunkel, das da ist,
um sie zu öffnen für die strahlenden Grenzlinien eines Körpers?

Ich will nicht in den Büchern eine Wahrheit lesen, die allmählich
steigt wie ein Wasser,
ich verschmähe diesen Spiegel, den allerorten die Gebirge anbieten,
kahler Fels, in dem gespiegelt ist meine Stirn,
quer überflogen von Vögeln, deren Sinn ich nicht kenne.

Ich will mich nicht den Flüssen zeigen, wo die Fische, rot vor
Scham, daß sie leben,
die Ufer anfallen, die ihr Verlangen begrenzen,
Flüsse, denen unsagbare Stimmen entsteigen,
Zeichen, die ich nicht begreife, hingestreckt zwischen den Binsen.

Ich will nicht, nein; ich weigere mich, diesen Staub zu schlucken,
diese klägliche Erde, diesen spärlichen Sand,
diese Sicherheit zu leben, mit der das Fleisch sich einigt,
wenn es begreift, daß die Welt und dieser Körper
fortrollen wie jenes Zeichen, welches das himmlische Auge nicht versteht.

Ich will nicht, nein, ich will nicht schreien, die Zunge erheben,
sie schleudern als den Stein, der an der Stirn zerbirst,
der die Scheiben jener unermeßlichen Himmel zerbricht,
hinter denen niemand horcht auf den Lärm des Lebens.

Ich will leben, leben wie das zähe Gras,
wie der Nordwind oder der Schnee, wie die Kohle, wach in der Nacht,
wie die Zukunft eines Kindes, das noch nicht zur Welt kommt,
wie die Berührung der Liebenden, wenn der Mond sie nicht beachtet.

Soy la música que bajo tantos cabellos
hace el mundo en su vuelo misterioso,
pájaro de inocencia que con sangre en las alas
va a morir en un pecho oprimido.

Soy el destino que convoca a todos los que aman,
mar único al que vendrán todos los radios amantes
que buscan a su centro, rizados por el círculo
que gira como la rosa rumorosa y total.

Soy el caballo que enciende su crin contra el pelado viento,
soy el león torturado por su propia melena,
la gacela que teme al río indiferente,
el avasallador tigre que despuebla la selva,
el diminuto escarabajo que también brilla en el día.

Nadie puede ignorar la presencia del que vive,
del que en pie en medio de las flechas gritadas,
muestra su pecho transparente que no impide mirar,
que nunca será cristal a pesar de su claridad,
porque si acercáis vuestras manos, podréis sentir la sangre.

Ich bin die Musik, die unter soviel Haaren
die Welt hervorbringt auf ihrem geheimnisvollen Flug,
Unschuldsvogel, der mit Blut an den Flügeln
sterben wird in einer bedrückten Brust.

Ich bin das Schicksal, das alle einlädt, die lieben,
einziges Meer, zu dem alle die liebenden Radien kommen,
die ihren Mittelpunkt suchen, umhergewirbelt vom Kreis,
der sich dreht wie die rauschende, allumfassende Rose.

Ich bin das Pferd, das sein Haar entfacht wider den kahlen Wind,
ich bin der Löwe, gemartert von seiner eigenen Mähne,
die Gazelle, die sich fürchtet vor dem gleichgültigen Fluß,
der niederwerfende Tiger, der den Urwald entvölkert,
der winzige Käfer, der auch im Tageslicht funkelt.

Niemand kann mißachten die Gegenwart dessen, der lebt,
dessen, der aufrecht inmitten der schwirrenden Pfeile
darbietet seine durchsichtige Brust, die keinem Blicke wehrt,
die niemals Kristall sein wird, trotz ihrer Klarheit,
denn kommt ihr näher mit euren Händen, so könnt ihr spüren das Blut.

Vasos o besos, luces o escaleras,
todo sin música asciende cautamente
a esa región serena donde aprisa
se retiran los bordes de la carne.

Un carroussel de topes, un límite o verbena,
una velocidad hecha de gritos,
un color, un color hecho de estopa,
por donde una voz bronca escupe esparto.

Espérame, muchacha conocida,
fuerte raso crujiente con zapatos,
con un tierno charol que casi gime
cuando roza mi rostro sin pesarme.

Un columpio de sangre emancipada,
una felicidad que no es de cobre,
una moneda lírica o la luna
resbalando en los hombros como leche.

Un laberinto o mármol sin sonido,
un hilo de saliva entre los árboles,
un beso silencioso que se enreda
olvidando sus alas como espejos.

Un alimento o roce en la garganta,
blanco o maná de tímidos deseos
que sobre lengua de calor callado
se deshace por fin como la nieve.

Polvo o claror, la feria gira cauta
bajo fiebre de lunas o pescados,
sintiendo la humedad de la caricia
cuando el alba desnuda avanza un muslo.

Krüge und Küsse, Lichter oder Leitern,
alles, ohne Musik, erklimmt behutsam
die hohe, heitre Zone, wo im Nu
des Fleisches Ränder in die Ferne rücken.

Ein Puffer-Karussell, Umschrankung, Jahrmarkt,
eine Geschwindigkeit aus lauter Schreien,
eine Farbe, Farbe aus Flachs gemacht,
dort, wo den Spartohalm ein Rauhhals ausspuckt.

Warte doch, Mädchen du, warte, ich kenn dich,
knatternde Atlasseide, dazu Schuhe,
Schuhe aus feinem Lack, der beinah aufseufzt,
wenn er mir das Gesicht streift, leichthin, arglos.

Eine Schaukel des losgelassnen Blutes,
eine Glückseligkeit, die nicht von Kupfer,
eine lyrische Münze oder Mondlicht,
wie Milch gelind die Schultern überrieselnd.

Ein Gartenlabyrinth, lautloser Marmor,
ein Speichelfaden, glimmend zwischen Zweigen,
ein verschwiegener Kuß, der nicht mehr loskommt,
seine Flügel vergißt wie bloße Spiegel.

Kostprobe oder Kitzel in der Kehle,
Ziel oder Manna scheu gehegter Wünsche,
das auf der stummen Wärme einer Zunge
langsam zerschmilzt und schwindet wie der Schnee.

Staub wie Flimmer, behutsam kreist die Feria,
fiebrig von Mondglanzscheiben oder Fischen,
fühlend die Feuchtigkeit in der Liebkosung,
als nackt die Frühe einen Schenkel vorstreckt.

Los senos de cartón abren sus cajas,
pececillos innúmeros palpitan,
de los labios se escapan flores verdes
que en los vientres arraigan como dichas.

Un clamor o sollozo de alegría,
frenesí de las músicas y el cuerpo,
un rumor de clamores asesinos
mientras cuchillos aman corazones.

Flores-papel girantes como ojos
sueñan párpados, sangres, albahacas;
ese clamor caliente ciñe faldas
del tamaño de labios apretados.

Agua o túnica, ritmo o crecimiento,
algo baja del monte de la dicha,
algo inunda las piernas sin metralla
y asciende hasta el axila como aroma.

Cuerpos flotan, no presos, no arañados,
no vestidos de espinas o caricias,
no abandonados, no, sobre la luna,
que – en tierra ya – se ha abierto como un cuerpo.

Schoße aus Pappe öffnen ihre Schachteln,
Fischlein, unzählbar, wimmeln in der Tiefe,
und von den Lippen fliehen grüne Blüten,
die in den Bäuchen glückhaft Wurzeln schlagen.

Ein Schreien oder Schluchzen, lustentsprungen,
Tollheit der Melodien und des Körpers,
ein Raunen, ein Gerücht von Mordgejammer,
während Messer mit Herzen Liebe treiben.

Papierne Blumen, sich wie Augen drehend,
träumen von Lidern, Blut, Basilienkraut;
die heiße Klage dort schnürt Weiberröcke,
schmal jetzt, so schmal wie eingekniffne Lippen.

Wasser oder Gewand, ein Rhythmus, schwellend,
etwas kommt herab von dem Berg des Glücks,
etwas, ohne Schrapnell, umflutet Beine,
und steigt auf bis zur Achsel wie ein Duften.

Leiber treiben dahin, ganz ohne Fesseln,
nicht dornzerkratzt oder in Schmeichelkleidern,
nicht verlassen, nein, treibend auf dem Mond,
der – auf Erden schon – sich geöffnet hat wie ein Körper.

No, no clames por esa dicha presurosa
que está latente cuando lo oscura música no modula,
cuando el oscuro chorro pasa indescifrable
como un río que desprecia el paisaje.

La felicidad no consiste en estrujar unas manos
mientras el mundo sobre sus ejes vacila,
mientras la luna convertida en papel
siente que un viento la riza sonriendo.

Quizá el clamoroso mar que en un zapato intentara una noche
acomodarse,
el infinito mar que quiso ser rocío,
que pretendió descansar sobre una flor durmiente,
que quiso amanecer como la fresca lágrima.

El resonante mar convertido en una lanza
yace en lo seco como un pez que se ahoga,
clama por ese agua que puede ser el beso,
que puede ser un pecho que se rasgue y anegue.

Pero la seca luna no responde al reflejo de las escamas
pálidas.
La muerte es una contracción de una pupila vidriada,
es esa imposibilidad de agitar unos brazos,
de alzar un grito hasta un cielo al que herir.

La muerte es el silencio entre el polvo, entre la memoria,
es agitar torvamente una lengua no de hombre,
es sentir que la sal se cuaja en las venas
fríamente como un árbol blanquísimo en un pez.

Entonces la dicha, la oscura dicha de morir,
de comprender que el mundo es un grano que se deshará,

Nein, schrei nicht nach dem hastigen Glück,
das verborgen da ist, wenn die dunkle Musik nicht moduliert,
wenn der dunkle Schwall undeutbar vorbeiströmt
wie ein Fluß, der die Landschaft verachtet.

Die Glückseligkeit besteht nicht darin, eine Hand zu quetschen,
während die Welt um ihre Achse torkelt,
während der Mond, Papier geworden,
fühlt, daß ein Wind ihn lächelnd kräuselt.

Vielleicht das tosende Meer, das versucht, in einem Schuh
        sich's bequem zu machen für eine Nacht,
das unendliche Meer, das Tau sein wollte,
das auszuruhn gedachte auf einer schlummernden Blüte,
das zum Tag erwachen wollte als die frische Träne.

Das dröhnende Meer, zur Lanze geworden,
liegt auf dem Trockenen wie ein verjapsender Fisch,
schreit nach jenem Wasser, das der Kuß sein kann,
das eine Brust sein kann, die sich aufreißt und ertrinkt.

Aber der trockene Mond antwortet nicht dem Schimmern der
        blassen Schuppen.
Der Tod ist die Verengung einer gläsernen Pupille,
ist diese Unmöglichkeit, mit Armen um sich zu schlagen,
einen Schrei hinaufzuschleudern bis zu einem Himmel, ihn zu verletzen.

Der Tod ist das Schweigen mitten im Staub, in der Erinnerung,
ist das wütende Umsichschlagen einer entmenschten Zunge,
ist das Gefühl, daß das Salz in den Adern erstarrt,
eisig wie ein gleißend weißer Baum in einem Fisch.

Dann das Glück, das dunkle Glück zu sterben,
zu begreifen, daß die Welt ein Korn ist, das zerfallen wird,

el que nació para un agua divina,
para ese mar inmenso que yace sobre el polvo.

La dicha consistirá en deshacerse como lo minúsculo,
en transformarse en la severa espina,
resto de un océano que como la luz se marchó,
gota de arena que fue un pecho gigante
y que salida por la garganta como un sollozo aquí yace.

das geboren ist für ein göttliches Wasser,
für dieses unendliche Meer, das über dem Staub liegt.

Das Glück wird darin bestehen, zu zerfallen wie das Winzige,
sich zu verwandeln in die gestrenge Gräte,
Rest eines Ozeans, der wie das Licht verschwunden,
ein Tropfen Sand, der eine riesige Brust war
und der, aus der Kehle geronnen, wie ein Schluchzer daliegt.

LA LUNA ES UNA AUSENCIA

La luna es una ausencia.
CAROLINA CORONADO

La luna es ausencia.
Se espera siempre.
Las hojas son murmullos de la carne.
Se espera todo menos caballos pálidos.

Y sin embargo esos cascos de acero
(mientras la luna en las pestañas),
esos cascos de acero sobre el pecho
(mientras la luna o vaga geometría) . . .

Se espera siempre que al fin el pecho no sea cóncavo.
Y la luna es ausencia,
doloroso vacío de la noche redonda,
que no llega a ser cera, pero que no es mejilla.

Los remotos caballos, el mar remoto, las cadenas golpeando,
esa arena tendida que sufre siempre,
esa playa marchita, donde es de noche
al filo de los ojos amarillos y secos.

Se espera siempre.
Luna, maravilla o ausencia,
celeste pergamino color de manos fuera,
del otro lado donde el vacío es luna.

DER MOND IST EINE ABWESENHEIT

Der Mond ist eine Abwesenheit.
CAROLINA CORONADO

Der Mond ist Abwesenheit.
Man wartet immer.
Die Blätter sind Gemurmel des Fleisches.
Man erwartet alles, nur nicht fahle Pferde.

Und dennoch diese stählernen Hufe
(während der Mond auf den Wimpern),
diese stählernen Hufe auf der Brust
(während der Mond oder eine ungewisse Geometrie) . . .

Man erwartet immer, daß am Ende die Brust nicht gehöhlt sei.
Und der Mond ist Abwesenheit,
schmerzliche Leere der runden Nacht,
die schließlich doch nicht Wachs wird, aber keine Wange ist.

Die fernen Pferde, das ferne Meer, gegen die Hüften schlagend,
dieser ausgebreitete Sand, der immer leidet,
dieser welke Strand, wo es finster ist
am Rand der gelben und trockenen Augen.

Man wartet immer.
Mond, Wunder oder Abwesenheit,
himmlisches Pergament, Farbe von Händen vielleicht,
auf der andern Seite, wo die Leere Mond ist.

QUIERO PISAR

Quiero tu nombre aquí,
quiero pisar unas pestañas falsas,
delicadas lombrices, rayos negros,
esa tierra mojada, esas lágrimas feas.

Quiero pisar dientes o barro o algún beso,
ese calor difunto que orea un viento pardo,
esa garganta o guijo fría al pie desnudo,
ese pecho de ámbar por cuya agua íntima pececillos transcurren.

Bola redonda de la que no escapará el aire,
de donde nunca un suspiro de niebla
saldrá con su calor reciente a embeberse en los ojos.

Quiero pisar una cintura, anillo,
frágil anillo, aro delicado,
ese gesto que abarcase la mano
cuando un cuerpo por su mitad se rinde.

Quiero muslos de acero, acaso musgo tenue,
acaso esa suavidad tan reciente
cuando la lluvia cae por una ingle indefensa.

Quiero tierras o pólvora,
esos besos azules,
ese rechazo súbito que deshace la boca
cuando un cuerpo o una luna estallan como herrumbre.

Amor como la lira,
como esas cuerdas rotas,
música cenicienta,
oro que duele entero,
luna que descolgada presencia que no hay aire.

ICH WILL MIT FÜSSEN TRETEN

Ich will deinen Namen hier,
will falsche Wimpern mit Füßen treten,
feine Würmer, schwarze Strahlen,
diese nasse Erde, diese häßlichen Tränen.

Treten will ich Zähne oder Lehm oder irgendeinen Kuß,
diese erstorbene Wärme, die ein brauner Wind durchfegt,
diese Kehle oder Kies, kalt unterm nackten Fuß,
diese Bernsteinbrust, deren innerstes Wasser kleine Fische durchhuschen.

Einen runden Ball, dem nie die Luft entweichen wird,
aus dem nie ein Nebelseufzer kommt
mit seiner frischen Wärme, um einzusickern in die Augen.

Mit Füßen treten will ich einen Gürtel, einen Ring,
einen zerbrechlichen Ring, einen zarten Reif,
diese Geste, die die Hand umspannt,
wenn ein Körper in seiner Mitte sich ergibt.

Schenkel aus Stahl will ich, vielleicht ein zartes Moos,
vielleicht die so frische Sanftheit,
wenn der Regen über eine wehrlose Lende rinnt.

Ländereien will ich oder Pulver,
jene blauen Küsse,
jene jähe Abwehr, die den Mund sprengt,
wenn ein Körper oder ein Mond platzt wie Rost.

Liebe wie die Leier,
wie die zerrissenen Saiten,
Aschenmusik,
Gold, das gänzlich schmerzt,
Mond, der, abgehängt, erfährt, daß nirgends Luft ist.

El mundo glorifica sus alas.

Bosque inmenso, selva o león o nube;
pupila lentísima que casi no se mueve;
dolorosa lágrima donde brilla un lucero,
un dolor como un pájaro, iris fugaz en lluvia.

Tu corazón gemelo del mío,
aquel alto cantil desde el cual una figura diminuta
mueve sus brazos que yo casi no veo, pero que sí que escucho;
aquel punto invisible adonde una tos o un pecho que aún
respira,
llega como la sombra de los brazos ausentes.

Tu corazón gemelo como un pájaro en tierra,
como esa bola huída que ha plegado las alas,
como dos labios solos que ayer se sonreían . . .

Una mágica luna del color del basalto
sale tras la montaña como un hombro desnudo.
El aire era de pluma, y a la piel se la oía
como una superficie que un solo esquife hiere.

¡Oh corazón o luna, oh tierra seca a todo,
oh esa arena sedienta que se empapa de un aire
cuando sólo las ondas amarillas son agua!

Agua o luna es lo mismo: lo impalpable a las manos,
linfa que goteando sobre la frente fría
finge pronto unos labios o una muerte escuchada.

Quiero morir de día, cuando la luna blanca,
blanca como ese velo que oculta sólo un aire,
boga sin apoyarse, sin rayos, como lámina,
como una dulce rueda que no puede quejarse,
aniñada y castísima ante un sol clamoroso.

Die Welt verherrlicht ihre Flügel.

Unermeßlicher Wald, Wildnis oder Löwe oder Wolke;
ganz langsame Pupille, die sich fast nicht bewegt;
schmerzliche Träne, in der ein Morgenstern glitzert,
ein Schmerz wie ein Vogel, flüchtiger Irisschimmer im Regen.

Dein Herz, Zwilling des meinen,
jenes hohe Riff, von wo eine winzige Gestalt
ihre Arme bewegt, die ich fast nicht sehe, doch auf die ich höre;
jener unsichtbare Punkt, wo ein Husten oder eine Brust, die noch
atmet,
hingelangt wie der Schatten der abwesenden Arme.

Dein Zwillingsherz, wie ein Vogel am Boden,
wie dieser geflüchtete Ball, der die Flügel gefaltet hat,
wie zwei einsame Lippen, die gestern sich anlächelten . . .

Ein zaubrischer Mond von der Farbe des Basalts
kommt hinterm Gebirge hervor wie eine nackte Schulter.
Die Luft war fiedrig, und die Haut hörte man
wie eine Oberfläche, die ein einzelnes Rennboot ritzt.

O Herz oder Mond, o Erde, gänzlich verdorrt,
oh, dieser dürstende Sand, der mit Luft sich vollsaugt,
wenn nur die gelben Wogen Wasser sind!

Wasser oder Mond ist dasselbe: was den Händen nicht greifbar ist,
Lymphe, die auf die kalte Stirne tropft
und bald ein paar Lippen vortäuscht oder einen hörbar gewordenen Tod.

Bei Tage will ich sterben, wenn der weiße Mond,
weiß wie der Schleier, der nur eine Luft verbirgt,
dahinzieht ohne Halt und Hilfe, ohne Strahlen, wie eine Scheibe,
wie ein sanftes Rad, das nicht ächzen kann,
kindlich und sittsam scheu vor einer dröhnenden Sonne.

Quiero morir de día, cuando aman los leones,
cuando las mariposas vuelan sobre los lagos,
cuando el nenúfar surte de un agua verde o fría,
soñoliento y extraño bajo la luz rosada.

Quiero morir al límite de los bosques tendidos,
de los bosques que alzan los brazos.
Cuando canta la selva en alto y el sol quema
las melenas, las pieles o un amor que destruye.

Bei Tage will ich sterben, wenn die Löwen lieben,
wenn die Schmetterlinge über die Seen fliegen,
wenn die Teichrose auftaucht aus einem grünen oder kalten Wasser,
schlaftrunken und wundersam unterm rosigen Licht.

Sterben will ich am Rand der weitgebreiteten Wälder,
der Wälder, die ihre Arme erheben.
Wenn die Wildnis lauthals singt und die Sonne
die Mähnen sengt, die Felle oder eine Liebe, die zerstört.

La cobra toda ojos,
bulto echado la tarde (baja, nube),
bulto entre hojas seças,
rodeada de corazones de súbito parados.

Relojes como pulsos
en los árboles quietos son pájaros cuyas gargantas cuelgan,
besos amables a la cobra baja
cuya piel es sedosa o fría o estéril.

Cobra sobre cristal,
chirriante como navaja fresca que deshace a una virgen,
fruta de la mañana,
cuyo terciopelo aún está por el aire en forma de ave.

Niñas como lagunas,
ojos como esperanzas,
desnudos como hojas
cobra pasa lasciva mirando a su otro cielo.

Pasa y repasa el mundo,
cadena de cuerpos o sangres que se tocan,
cuando la piel entera ha huído como un águila
que oculta el sol. ¡Oh cobra, ama, ama!

Ama bultos o naves o quejidos,
ama todo despacio, cuerpo a cuerpo,
entre muslos de frío o entre pechos
del tamaño de hielos apretados.

Labios, dientes o flores, nieves largas;
tierra debajo convulsa derivando.
Ama el fondo con sangre donde brilla
el carbunclo logrado.
El mundo vibra.

KOBRA

Die Kobra, lauter Augen,
liegende Leibesmasse der Abend (herunter, Wolke),
Leibesmasse zwischen dürren Blättern,
umringt von Herzen, die plötzlich stehengeblieben.

Uhren wie Pulsschläge
in den ruhigen Bäumen sind Vögel, deren Kehlen herabhängen,
liebenswürdige Küsse für die niedrige Kobra,
deren Haut seidig ist oder kalt oder unfruchtbar.

Kobra auf Kristall,
knirschend wie ein kühles Messer, das eine Jungfrau auftrennt,
Frucht des Morgens,
dessen Samt noch in der Luft ist in Vogelgestalt.

Mädchen wie Lagunen,
Augen wie Erwartungen,
nackte Leiber wie Blätter
durchgleitet Kobra geil, in ihren anderen Himmel blickend.

Durchgleitet wieder und wieder die Welt,
eine Kette von Körpern oder Blutströmen, die sich berühren,
wenn die ganze Haut entflohen ist wie ein Adler,
der die Sonne verbirgt. O Kobra, liebe, liebe!

Sie liebt Leiber, Schiffe oder Seufzer,
liebt alles langsam, Körper gegen Körper,
zwischen Schenkeln aus Kälte oder zwischen Brüsten,
so üppig wie geballtes Eis.

Lippen, Zähne oder Blüten, weite Schneefelder;
Erde drunter, in Zuckungen davontreibend.
Sie liebt den Grund voll Blut, wo der erlangte
Karfunkel glänzt.
Die Welt erbebt.

Dichosa claridad de la aurora,
cuerpo radiante, amoroso destino,
adoración de ese mar agitado,
de ese pecho que vive en el que sé que vivo.

¿Dónde tú, montaña inmensa siempre presente,
viajador continente que pasas y te quedas,
playa que se me ofrece para mi planta ligera
que como una sola concha, fácil queda en la arena?

¿Voy?
¿O vengo?
Ignoro si la luz que ahora nace
es la del poniente en los ojos,
o si la aurora incide su cuchilla en mi espalda.
Pero voy, yo voy siempre.
Voy a ti como la ola ya verde
que regresa a su seno recobrando su forma.
Como la resaca que arrebatando el amarillo claro de las playas,
muestra ya su duro torso oscuro descansando, flotando.
Voy como esos redondos brazos invasores
que arrebatan las algas que otras ondas dejaron.

Y tú me esperas, di,
dichoso cuerpo extendido,
feliz claridad para los pies,
playa radiante que destellas besando
la tenue piel que pesa sobre tu pecho vivo.

¿Me tiendo?
Beso infinitamente
ese inabarcable rumor de los mares,
esos siempre reales labios con los que sueño,
esa espuma ligera que son siempre los dientes
cuando van a decirse las palabras oscuras.

Glückliche Klarheit der Morgenröte,
strahlender Körper, liebevolles Geschick,
Anbetung dieses wild bewegten Meeres,
dieser Brust, die lebt, an der ich weiß, daß ich lebe.

Wo bist du, ungeheures Gebirge, immer gegenwärtig,
reisender Kontinent, der du vorbeiziehst und bleibst,
Strand, der sich darbietet meiner leichten Sohle,
die wie eine einzelne Muschel fügsam im Sande bleibt?

Gehe ich?
Oder komme ich?
Ich weiß nicht, ob das Licht, das jetzt zur Welt kommt,
der sinkende Abend in den Augen ist,
oder ob die Morgenröte ihr Messer in meinen Rücken stößt.
Doch ich gehe, ich gehe immer.
Ich gehe zu dir wie die schon grüne Welle,
die zurückkehrt in ihren Schoß und wieder ihre Gestalt gewinnt.
Wie die Dünung, die das helle Gelb der Strände fortrafft
und schon ihren harten, dunklen Torso zeigt, ausruhend, flutgetragen.
Ich gehe wie diese runden Eindringlingsarme,
welche die Algen wegraffen, die andere Wogen liegenließen.

Und du erwartest mich, sag,
glücklich hingebreiteter Leib,
freudige Klarheit für die Füße,
strahlender Sand, erschimmernd, indem du die zarte Haut küßt,
die lastet auf deiner lebendigen Brust.

Lege ich mich nieder?
Endlos küsse ich
dieses unermeßliche Rauschen der Meere,
diese immer wirklichen Lippen, von denen ich träume,
diesen leichten Gischt, den immer die Zähne bilden,
wenn die dunklen Worte gesprochen werden.

Dime, dime; te escucho.
¡Qué profunda verdad!
Cuánto amor si te estrecho mientras cierras los ojos,
mientras retiras todas las ondas lúcidas
que permanecen fijas vigilando este beso.

Tu corazón caliente como una alga de tierra,
como una brasa invencible capaz de desecar el fondo de los
mares,
no destruye mis manos
ni mis ojos cuando apoyo los párpados,
ni mis labios – que no se purifican con su lumbre profunda –,
porque son como pájaros, como libres marinas
como rumor o pasaje de unas nubes que avanzan.

¡Oh ven, ven siempre como el clamor de los peces,
como la batalla invisible de todas las escamas,
como la lucha tremenda de los verdes más hondos,
de los ojos que fulgen, de los ríos que irrumpen,
de los cuerpos que colman, que emergen del océano,
que tocan a los cielos o se derrumban mugientes
cuando de noche inundan las playas entregadas!

Sag mir, sag mir; ich höre auf dich.
Welch tiefe Wahrheit!
Wieviel Liebe, wenn ich dich umklammere, indes du die Augen schließt,
indes du zurückziehst alle, alle die leuchtenden Wogen,
die starr verharren, diesen Kuß bewachend.

Dein Herz, heiß wie eine Alge an Land,
wie eine unbesiegbare Glut mit der Macht, den Grund der Meere
auszutrocknen,
zerstört nicht meine Hände,
nicht meine Augen, wenn ich die Lider neige,
nicht meine Lippen – die sich nicht läutern an seinem tiefen Feuer –,
denn sie sind wie Vögel, wie freie Flotten,
wie das Rauschen oder Vorbeiziehn von vorwärtsdrängenden Wolken.

O komm, komm immer wie das Jammergeschrei der Fische,
wie die unsichtbare Schlacht aller Schuppen,
wie der schauerliche Kampf der heftigsten Grüntöne,
der Augen, die funkeln, der Flüsse, die hereinbrechen,
der Leiber, die sich türmen, die auftauchen aus dem Ozean,
die an die Himmel rühren oder sich brüllend herabstürzen,
wenn sie bei Nacht die ausgelieferten Strände überfluten.

He aquí que por fin llega al verbo también el pequeño escarabajo,
tristísimo minuto,
lento rodar del día miserable,
diminuto captor de lo que nunca puede aspirar al vuelo.

Un día como alguno
se detiene la vida al borde de la arena,
como las hierbecillas sueltas que flotan en un agua no limpia,
donde a merced de la tierra
briznas que no suspiran se abandonan
a ese minuto en que el amor afluye.

El amor como un número
tan pronto es agua que sale de una boca tirada,
como es el secreto de lo verde en el oído que lo oprime,
como es la cuneta pasiva que todo lo contiene,
hasta el odio que afloja para convertirse en el sueño.

Por eso,
cuando en la mitad del camino un triste escarabajo que fue de oro
siente próximo el cielo como una inmensa bola
y, sin embargo, con sus patitas nunca pétalos
arrastra la memoria opaca con amor,
con amor al sollozo sobre lo que fue y ya no es,
arriba entre las flores altas cuyos estambres casi cosquillean
el limpio azul
vaga un aroma a anteayer,
a flores derribadas,
a ese polen pisado que tiñe de amarillo constante la planta
pasajera,
la caricia involuntaria,
ese pie que fue rosa, que fue espina,
que fue corola o dulce contacto de las flores.

Un viento arriba orea

Sieh an, endlich kommt zu Wort auch der kleine Kotkäfer,
trübsinnige Minute,
langsames Rollen des erbärmlichen Tages,
winziger Ergreifer dessen, was niemals zum Flug sich erkühnen kann.

Ein Tag wie jeder andere,
das Leben verweilt am Rand des Sandes,
wie die losen Grashälmchen, die in unreinem Wasser treiben,
wo nach Belieben der Erde
Fasern, die nicht seufzen, sich der Minute überlassen,
in der die Liebe andringt.

Die Liebe wie eine Zahl
ist bald Wasser, das aus einem gestürzten Mund rinnt,
bald das Geheimnis des Grüns in dem Gehör, das es einsperrt,
bald der reglose Straßengraben, der alles enthält,
sogar den Haß, der abflaut, um sich zum Traum zu verwandeln.

Darum,
wenn mitten auf dem Weg ein trüber Käfer, der golden war,
den Himmel ganz nahe fühlt, als gewaltige Kugel,
und dennoch mit seinen Beinchen, niemals Blütenblätter,
die düstere Erinnerung mit sich schleppt, voll Liebe,
voll Liebe zu dem Schluchzen über das, was war und nicht mehr ist,
droben zwischen den Blüten in der Höhe, deren Staubgefäße beinah
die reine Bläue kitzeln,
streift ein Duft nach Vorgestern daher,
nach erschlafften Blüten,
nach zertretenem Blütenstaub, der mit dauerhaftem Gelb die
vorübereilende Sohle färbt,
die unabsichtliche Liebkosung,
diesen Fuß, der Rose war, der Dorn war,
der Blütenkrone war oder süße Berührung der Blüten.

Ein Wind droben durchweht

otras memorias donde circula el viento,
donde estambres emergen tan altos, donde pistilos o cabellos,
donde tallos vacilan
por recibir el sol tan amarillo envío de un amor.

El suave escarabajo,
más negro que el silencio que transcurre después de alguna muerte,
pasa borrando apenas las huellas de los carros,
de los hierros violentos que fueron dientes siempre,
que fueron boca para morder el polvo.

El dulce escarabajo bajo su duro caparazón que imita a veces
algún ala,
nunca pretende ser confundido con una mariposa,
pero su sangre gime
(caliente término de la memoria muerta)
encerrada en un pecho con no forma de olvido,
descendiendo a unos brazos que un diminuto mundo oscuro crean.

andre Erinnerungen, wo der Wind sich regt,
wo Blütengefäße so hoch emporragen, wo Stempel oder Haare,
wo Stengel schwanken,
um die Sonne zu empfangen, so gelb, gesandt von einer Liebe.

Der sanfte Käfer,
schwärzer als das Schweigen, das nach einem Tode verstreicht,
zieht seines Wegs, kaum spürbar die Spuren der Karren verwischend,
der gewalttätigen Eisen, die immer Zähne waren,
immer ein Maul, in den Staub zu beißen.

Der liebliche Käfer unter seinem harten Panzer, der manchmal einen
Flügel nachahmt,
trachtet niemals danach, mit einem Falter verwechselt zu werden,
sein Blut aber stöhnt
(Wärmerest der toten Erinnerung),
eingeschlossen in einer Brust, die kein Vergessen kennt,
hinabströmend in Arme, die eine winzige, dunkle Welt zusammenballen.

Luna de mármol, rígido calor,
noche de estío cuando el perro es mudo,
cuando un velo de esparto ante los ojos
casi acaricia, sueño o plumón leve.

Luna de piedra, manos por el cielo,
manos de piedra rompedoras siempre,
retorcidas a veces con destellos,
manos de lumbre láctea, ya rígidas.

Cuerpo de piedra, senda de cristales,
mudo siempre o doliente con los soles,
cuando perros de lana flotan quietos
por pantanos de seda acariciada.

Yo no sé si la sangre es roja o verde.
Ignoro si la luna vence o ama,
si su lengua acaricia los desvíos,
axilas que palpitan ya de pluma.

Cielo quieto de fango que ahora gira
dulcemente mintiendo un sol activo,
bella túnica amada por lo dura
sobre muslos de piedra avanzadores.

Dulce careta blanca que ladea
su morado celeste ya sin órbita.
Tibia saliva nueva que en los bordes
pide besos azules como moscas.

Soledad, soledad, calvero, mundo,
realidad viva donde el plomo es frío;
no, ya no quema el fuego que en las ingles
aquel remoto mar dejó al marcharse.

Mond aus Marmorgestein, erstarrte Hitze,
Sommernacht, in der auch der Hund verstummt ist,
in der ein Schleier aus Bast vor den Augen
fast ein Streicheln, ein Traum ist, leichter Flaum.

Steinerner Mond, Hände am Himmel droben,
steinerne Hände, stetig im Zerstören,
verdreht zuweilen, grell aufblitzend, gleißend,
Hände aus Milchglutmasse, schon erstarrt.

Steinerner Leib, kristallgespickter Pfad,
stimmlos immer oder an Sonnen leidend,
während Wollhunde ruhig dahintreiben
in den Sumpfwassern gestreichelter Seide.

Ich weiß nicht, ob das Blut rot oder grün ist,
ob der Mond überwältigt oder liebt,
ob seine Zunge Widerstreben streichelt,
Achselhöhlen, wo es schon fiedrig flattert.

Ruhiger Himmel aus Schlamm, der nun kreist,
eine tätige Sonne lieblich vorlügt,
Tunika, schön, geliebt wegen der Strenge
über steinern hervordringenden Schenkeln.

Liebliche weiße Maske, meidend all ihr
himmlisches Violett, schon ohne Umkreis.
Speichel, lauwarm und frisch, der an den Rändern
Küsse erbittet, Küsse, blau wie Fliegen.

Einsamkeit, öde Lichtung, Welt, gelebte
Wirklichkeit, wo das Blei erkaltet ist;
nein, die Glut brennt nicht mehr, die in den Lenden
jenes ferne Meer hinterließ, entschwindend.

6

Tu ardiente morenía, espada vengadora,
sed que voló hacia la remota montaña,
donde allí se castiga entre el relámpago morado
como ese metal que adora la sangre, siempre seco.

Quién sabe si algún día tu dulce y ya fluyente cuerpo
abandonado a su querer
descenderá de ese pináculo de cristal imbesable,
donde como un árbol sin ramas, moreno como esparto,
siente en lugar de pájaros cruzar fulgores lívidos.

Déjame como nube pasar arriba lento,
pasar húmedamente casi caliente al soplo de un estío,
llevado por la brisa que envían unas hojas,
unas altas espigas, unos cuerpos mecidos.

Tu ardiente morenía calcinada,
tu sequedad de roca o ya carbón,
tus ojos que no giran porque no tienen lágrimas,
tu corazón constante como una nuez vencida.

Déjame que pasando moje casi tu frente,
pájaro soy o ala rumorosa que brilla,
soy esa pluma extensa que con calor de axila
cobijaría una frente convocándola a un llanto.

Un beso o una mejilla o el brillo de unos ojos,
unos dientes templados que se abren como el día,
un azul bajo el párpado tras la tormenta dura,
unos fulgores lívidos que escapan como el fósforo.

Vive, vive, despierta, ama, corazón, ser,
despierta como tierra a la lluvia naciente,
como lo verde nuevo que crece entre la carne.

Deine glühende Bräune, Racheschwert,
Durst, der hinüberflog zum fernen Gebirge,
dorthin, wo die Züchtigung geschieht im Wetterleuchten, violett
wie das Metall, das immer trockene, welches das Blut verehrt.

Wer weiß, ob eines Tages dein lieblicher und nun gelöster Leib,
dem eigenen Begehren überlassen,
herabkommen wird von jenem Gipfel aus unküßbarem Kristall,
wo er wie ein Baum ohne Zweige, braun wie Espartobast,
statt der Vögel fahle Blitzstrahlen vorbeihuschen fühlt.

Laß mich wie eine Wolke langsam darüber hinziehn,
feucht dahinziehn, heiß fast, getrieben vom Hauch eines Sommers,
getragen von der Brise, die ein paar Blätter schicken,
ein paar hohe Ähren, ein paar wogende Körper.

Deine glühende, uasgebannte Bräune,
deine felshafte, kohlenstarre Dürre,
deine Augen, die nicht kreisen, weil sie keine Tränen haben,
dein Herz, hart und dauerhaft wie eine fällige Nuß.

Laß, daß im Vorüberziehn ich fast deine Stirn benetze,
Vogel bin ich oder rauschender Flügel, der aufglänzt,
ich bin diese weitgeschwungene Feder, die mit Achselwärme
eine Stirn bedecken und zum Klagen verlocken würde.

Ein Kuß oder eine Wange oder das Schimmern von zwei Augen,
ein paar lauwarme Zähne, die sich auftun wie der Tag,
ein Blau unterm Lid nach dem heftigen Sturm,
ein paar fahle Blitzstrahlen, die entwischen wie der Phosphor.

Lebe, lebe, erwache, liebe, Herz, Wesen,
erwache wie Erde, die uunterm Regen aufkeimt,
wie das frische Grün, das im Fleisch emporsprießt.

Cuerpo feliz moreno que naces, voy, me voy,
soy esa nube ingrávida que detienen las hojas,
soy la brisa que escapa en busca de la aurora,
de lo rojo y lo azul, de lo verde y lo blanco,
voy llamado a la vida, escapo con el viento,
has nacido y te veo amar como ese río,
como el agua feliz que desciende cantando.

Glücklicher brauner Leib, der du zur Welt kommst, ich gehe, gehe fort,
ich bin die schwerelose Wolke, die die Blätter zum Verweilen bringen,
ich bin die Brise, die entweicht auf der Suche nach der Morgenröte,
nach dem Rot und dem Blau, dem Grün und dem Weiß,
ich gehe, zum Leben berufen, ich fliehe mit dem Wind,
du bist geboren, und ich sehe dich lieben wie dieser Fluß,
wie das glückliche Wasser, das singend zu Tal stürzt.

Muchacha, corazón o sonrisa,
caliente nudo de presencia en el día,
irresponsable belleza que a sí misma se ignora,
ojos de azul radiante que estremece.

Tu inocencia como un mar en que vives –
qué pena a ti alcanzarte, tú sola isla aún intacta;
qué pecho el tuyo, playa o arena amada
que escurre entre los dedos aún sin forma.

Generosa presencia la de una niña que amar,
derribado o tendido cuerpo o playa a una brisa,
a unos ojos templados que te miran,
oreando un desnudo dócil a su tacto.

No mientas nunca, conserva siempre
tu inerte y armoniosa fiebre que no resiste,
playa o cuerpo dorado, muchacha que en la orilla
es siempre alguna concha que unas ondas dejaron.

Vive, vive como el mismo rumor de que has nacido;
escucha el son de tu madre imperiosa;
sé tú espuma que queda después de aquel amor,
después de que, agua o madre, la orilla se retira.

Mädchen, Herz oder Lächeln,
warmer Knoten von Gegenwart im Tage,
verantwortungslose Schönheit, die ihrer selbst nicht achtet,
Augen von strahlendem Blau, das erschauern macht.

Deine Unschuld, wie ein Meer, in dem du lebst –
welche Qual, dich zu erreichen, du einzige noch unberührte Insel;
was für eine Brust, die deine, Strand oder geliebter Sand,
der zwischen den Fingern hindurchrinnt, noch ohne Form.

Großmütige Gegenwart, die eines Mädchens zum Lieben,
hingesunkener oder ausgestreckter Leib oder Strand für eine Brise,
für laue Augen, die dich anschaun,
erfrischend hingehn über eine Nacktheit, gefügig ihrer Berührung.

Lüge niemals, bewahre immer
dein träges, einklangtrunkenes Fieber, das nicht widersteht,
Strand oder goldener Leib, Mädchen, das am Ufer
immer eine Muschel ist, von Wellen liegengelassen.

Lebe, lebe wie das Rauschen selber, dem du entstammst;
lausche dem Getön deiner mächtigen Mutter;
sei du Meerschaum, der bleibt nach jener Liebe,
nachdem – Wasser oder Mutter – der Wellensaum sich entfernt.

El mundo encierra la verdad de la vida,
aunque la sangre mienta melancólicamente
cuando como mar sereno en la tarde
siente arriba el batir de las águilas libres.

Las plumas de metal,
las garras poderosas,
ese afán del amor o la muerte,
ese deseo de beber en los ojos con un pico de hierro,
de poder al fin besar lo exterior de la tierra,
vuela como el deseo,
como las nubes que a nada se oponen,
como el azul radiante, corazón ya de afuera
en que la libertad se ha abierto para el mundo.

Las águilas serenas
no serán nunca esquifes,
no serán sueño o pájaro,
no serán caja donde olvidar lo triste,
donde tener guardado esmeraldas u ópalos.

El sol que cuaja en las pupilas,
que a las pupilas mira libremente,
es ave inmarcesible, vencedor de los pechos
donde hundir su furor contra un cuerpo amarrado.

Las violentas alas
que azotan rostros como eclipses,
que parten venas de zafiro muerto,
que seccionan la sangre coagulada,
rompen el viento en mil pedazos,
mármol o espacio impenetrable
donde una mano muerta detenida
es el claror que en la noche fulgura.

Die Welt enthält die Wahrheit des Lebens,
obwohl das Blut voller Schwermut lügt,
wenn es wie ein ruhiges Meer am Abend
über sich fühlt das Flügelschlagen der freien Adler.

Die metallischen Federn,
die mächtigen Krallen,
dieses Drängen zur Liebe oder zum Tod,
diese Gier, zu trinken in den Augen mit einem eisernen Schnabel,
endlich küssen zu können das Äußere der Erde,
fliegt wie die Gier,
wie die Wolken, die sich nichts widersetzen,
wie die strahlende Bläue, Herz, schon außerhalb,
in dem die Freiheit sich eröffnet hat für die Welt.

Die gleichmütig wachen Adler
werden nie Rennboote sein,
kein Traum oder Singvogel,
keine Truhe, wo man das Traurige vergißt,
wo man Smaragde oder Opale aufbewahrt.

Die Sonne, die in den Pupillen gerinnt,
die frei auf die Pupillen blickt,
ist ein unvergänglicher Vogel, Bezwinger der Brustgehäuse,
in die er seine Wut gegen einen gefesselten Körper einrammt.

Die gewaltigen Schwingen,
die Gesichter wie Verfinsterungen geißeln,
die Adern aus totem Saphir zerreißen,
die das verharschte Blut zerschneiden,
zerbrechen den Wind in tausend Stücke,
Marmor oder undurchdringlichen Raum,
wo eine tote, gefangene Hand
die Helle ist, die in der Nacht erschimmert.

Aguilas como abismos,
como montes altísimos,
derriban majestades, troncos polvorientos,
esa verde hiedra que en los muslos
finge la lengua vegetal casi viva.

Se aproxima el momento en que la dicha consista
en desvestir de piel a los cuerpos humanos,
en que el celeste ojo victorioso
vea sólo a la tierra como sangre que gira.

Aguilas de metal sonorísimo,
arpas furiosas con su voz casi humana,
cantan la ira de amar los corazones,
amarlos con las garras estrujando su muerte.

Adler wie Abgründe,
wie himmelhohe Berge,
stürzen Majestäten, staubige Stämme,
diesen grünen Efeu, der an den Schenkeln
die pflanzliche, fast lebendige Zunge vortäuscht.

Es naht der Augenblick, wo das Glück darin besteht,
die menschlichen Körper der Haut zu entkleiden,
wo das sieghafte Himmelsauge
die Erde nur als Blut sieht, das kreist.

Adler aus mächtig dröhnendem Metall,
rasende Harfen mit ihrer fast menschlichen Stimme,
singen den Zorn, die Herzen zu lieben,
sie mit den Krallen zu lieben, ihren Tod auspressend.

Fresco sonido extinto o sombra, el día me encuentra.

Sí, como muerte, quizá como suspiro,
quizá como un solo corazón que tiene bordes,
acaso como límite de un pecho que respira;
como un agua que rodea suavemente una forma
y convierte a ese cuerpo en estrella en el agua.

Quizá como el viaje de un ser que se siente arrastrado
a la final desembocadura en que a nadie se conoce,
en que la fría sonrisa se hace sólo con los dientes,
más dolorosa cuanto que todavía las manos están tibias.

Sí. Como ser que, vivo, porque vivir es eso,
llega en el aire, en el generoso transporte
que consiste en tenderse en la tierra y esperar,
esperar que la vida sea una fresca rosa.

Sí, como la muerte que renace en el viento.

Vida, vida batiente que con forma de brisa,
con forma de huracán que sale de un aliento,
mece las hojas, mece la dicha o el color de los pétalos,
la fresca flor sensible en que alguien se ha trocado.

Como joven silencio, como verde o laurel;
como la sombra de un tigre hermoso que surte de la selva;
como alegre retención de los rayos del sol en el plano del agua;
como la viva burbuja que un pez dorado inscribe en el azul
del cielo.
Como la imposible rama en que una golondrina no detiene
su vuelo . . .

El día me encuentra.

Kühl erloschener Laut oder Schatten – so trifft der Tag mich an.

Ja, als Tod, vielleicht als Seufzer,
vielleicht als ein einsames Herz, das Ränder hat,
vielleicht als Grenze einer Brust, die atmet;
als ein Wasser, das sanft eine Gestalt umringt
und diesen Körper zu einem Stern im Wasser verwandelt.

Vielleicht als die Reise eines Wesens, das sich fortgerissen
fühlt zu der letzten Mündung, in der man keinen kennt,
in der man das kalte Lächeln nur mit den Zähnen macht,
um so schmerzlicher, da die Hände noch lau sind.

Ja. Als Wesen, das lebendig, weil Leben eben dies ist,
in der Luft daherkommt, in dem großzügigen Transport,
der darin besteht, daß man sich hinlegt auf die Erde und wartet,
erwartet, daß das Leben eine frische Rose sei.

Ja, als der Tod, der wiedergeboren wird im Wind.

Leben, flügelschlagendes Leben, das in Form einer Brise,
in Form eines Orkans, der aus einem Atemhauch hervorgeht,
die Blätter wiegt, das Glück wiegt oder die Farbe der Blütenblätter,
die frische, empfindsame Blume, mit der sich jemand vertauscht hat.

Als junges Schweigen, als Grün oder Lorbeer;
als der Schatten eines schönen Tigers, der aus dem Urwald hervorkommt;
als fröhliches Verharren der Sonnenstrahlen auf der Wasserfläche;
als lebendiges Luftbläschen, das ein goldener Fisch in die Bläue
des Himmels schreibt.
Als der unmögliche Zweig, auf dem eine Schwalbe ihren Flug nicht
unterbricht...

So trifft der Tag mich an.

Se querían.
Sufrían por la luz, labios azules en la madrugada,
labios saliendo de la noche dura,
labios partidos, sangre, ¿sangre dónde?
Se querían en un lecho navío, mitad noche mitad luz.

Se querían como las flores a las espinas hondas,
a esa amorosa gema del amarillo nuevo,
cuando los rostros giran melancólicamente,
giralunas que brillan recibiendo aquel beso.

Se querían de noche, cuando los perros hondos
laten bajo la tierra y los valles se estiran
como lomos arcaicos que se sienten repasados:
caricia, seda, mano, luna que llega y toca.

Se querían de amor entre la madrugada,
entre las duras piedras cerradas de la noche,
duras como los cuerpos helados por las horas,
duras como los besos de diente a diente sólo.

Se querían de día, playa que va creciendo,
ondas que por los pies acarician los muslos,
cuerpos que se levantan de la tierra y flotando . . .
Se querían de día, sobre el mar, bajo el cielo.

Mediodía perfecto, se querían tan íntimos,
mar altísimo y joven, intimidad extensa,
soledad de lo vivo, horizontes remotos
ligados como cuerpos en soledad cantando.

Amando. Se querían como la luna lúcida,
como ese mar redondo que se aplica a ese rostro,
dulce eclipse de agua, mejilla oscurecida,
donde los peces rojos van y vienen sin música.

Sie liebten sich.
Sie litten am Licht, blaue Lippen in der Dämmerfrühe,
Lippen, auftauchend aus der harten Nacht,
gespaltene Lippen, Blut – Blut, wo?
Sie liebten sich in einem Bettschiff, halb Nacht, halb Licht.

Sie liebten sich, wie die Blüten die tiefdringenden Dornen,
diese zärtliche Gemme des knospenden Gelbs,
wenn die Gesichter schwermütig kreisen,
Mondblumen, die aufschimmernd jenen Kuß empfangen.

Sie liebten sich bei Nacht, wenn die Hunde drunten
unter der Erde anschlagen und die Täler sich recken
wie urzeitliche Rücken, die sich aufs neue beachtet fühlen:
Streicheln, Seide, Hand, Mond, der herkommt und anrührt.

Sie liebten sich aus Lust zueinander während der Dämmerfrühe,
zwischen den harten, verschlossenen Steinen der Nacht,
hart wie die Körper, welche die Stunden gefrieren ließen,
hart wie die Küsse, von Zahn zu Zahn nur gegeben.

Sie liebten sich bei Tag, Strand, der sich zu strecken beginnt,
Wogen, die von den Füßen her die Schenkel streicheln,
Körper, die sich abheben von der Erde und treibend . . .
Sie liebten sich bei Tag, auf dem Meer, unter dem Himmel.

Vollkommener Mittag, sie liebten sich so innig,
allerhöchste und junge See, weitgebreitete Innigkeit,
Einsamkeit des Lebendigen, entrückte Horizonte,
verbunden wie Körper, in Einsamkeit singend.

Sich durchdringend. Sie liebten sich wie der leuchtende Mond,
wie dieses runde Meer, das sich auf dieses Gesicht legt,
liebliche Wasserfinsternis, verdunkelte Wange,
wo die roten Fische hin und her huschen ohne Musik.

Día, noche, ponientes, madrugadas, espacios,
ondas nuevas, antiguas, fugitivas, perpetuas,
mar o tierra, navío, lecho, pluma, cristal,
metal, música, labio, silencio, vegetal,
mundo, quietud, su forma. Se querían, sabedlo.

Tag, Nacht, Sonnenuntergänge, Dämmerfrühen, Weiten,
Wellen, neu, alt, flüchtig, beständig,
Meer oder Erde, Schiff, Bett, Feder, Kristall,
Metall, Musik, Lippe, Schweigen, Pflanze,
Welt, Ruhe, ihre Gestalt. Sie liebten sich, daß ihr's wißt.

No.
La cristalina luz que hiere el fuego,
que deshace la frente como un diamante al fin rendido,
como un cuerpo que se amontona de dicha,
que se deshace como un resplandor que nunca será frío.

La luz que amontona su cuerpo como el ansia que con nada
se aplaca,
como el corazón combatiente que en el mismo filo aún ataca,
que pide no ser ya él ni su reflejo, sino el río
feliz,
lo que transcurre sin la memoria azul,
camino de los mares que entre todos se funden
y son lo amado y lo que ama, y lo que goza y sufre.

Esa dicha creciente que consiste en extender los brazos,
en tocar los límites del mundo como orillas remotas
de donde nunca se retiran las aguas,
jugando con las arenas doradas como dedos
que rozan carne o seda, lo que estremeciéndose se
alborota.

Gozar de las lejanas luces que crepitan
en los desnudos brazos,
como un remoto rumor de dientes jóvenes
que devoran la grama jubilosa del día,
lo naciente que enseña su rosada firmeza
donde las aguas mojan todo un cielo vivido.

Vivir allá en las faldas de las montañas
donde el mar se confunde con lo escarpado,
donde las laderas verdes tan pronto son el agua
como son la mejilla inmensa donde se reflejan los soles,
donde el mundo encuentra un eco entre su música,
espejo donde el más mínimo pájaro no se escapa,

Nein.
Das kristallene Licht, das die Flamme versehrt,
das die Stirn zerbricht wie einen Diamant, der endlich sich ergibt,
wie einen Körper, der sich zusammenballt vor Glück,
der zerspringt wie ein Glanz, der niemals Kälte sein wird.

Das Licht, das seinen Leib zusammenballt wie die Begierde, die mit
nichts sich stillen läßt,
wie das kämpfende Herz, das angreift noch in derselben Richtung,
das nicht es selbst sein will, nicht sein Spiegelblinken, sondern der
glückliche Fluß,
was verströmt ohne die blaue Erinnerung,
hin zu den Meeren, die alle in eins zusammenfließen
und das Geliebte sind und das, was liebt, und was Lust hat und leidet.

Dieses wachsende Glück, das darin besteht, die Arme auszubreiten,
die Grenzen der Welt zu berühren wie entlegene Ufer,
von wo die Wasser niemals entweichen,
wo sie spielen mit den goldenen Sandflächen wie Finger,
die über Fleisch hinstreifen oder Seide, Stoff, der erschauernd
sich aufwirft.

Lust zu haben an fernen Lichtern, die knistern
auf den nackten Armen,
wie ein entrücktes Geräusch von jungen Zähnen,
die den jubelnden Wildwuchs des Tages verschlingen,
was ans Licht kommt und seine rosige Festigkeit zeigt,
wo die Wasser einen ganzen erlebten Himmel netzen.

Dort leben, an den Flanken der Gebirge,
wo das Meer sich vermischt mit dem steil Geneigten,
wo die grünen Abhänge bald das Wasser sind,
bald die unermeßliche Wange, wo die Sonnen widerscheinen,
wo die Welt ein Echo findet in ihrer Musik,
Spiegel, wo der winzigste Vogel nicht entschwirrt,

donde se refleja la dicha de la perfecta creación que transcurre.
El amor como lo que rueda,
como el universo sereno,
como la mente excelsa,
el corazón conjugado, la sangre que circula,
el luminoso destello que en la noche crepita
y pasa por la lengua oscura,
que ahora entiende.

wo widerscheint das Glück der vollkommenen Schöpfung, die verströmt.
Die Liebe als das, was sich dreht,
als gleichmütig klares All,
als der Geist in der Höhe,
das vereinigte Herz, das Blut, das umläuft,
gleißendes Aufblitzen, das prasselt in der Nacht
und durch die dunkle Zunge geht,
die nun versteht.

Beso alegre, descuidada paloma,
blancura entre las manos, sol o nube;
corazón que no intenta volar porque basta el calor,
basta el ala peinada por los labios ya vivos.

El día se siente hacia fuera; sólo existe el amor.
Tú y yo en la boca sentimos nacer lo que no vive,
lo que es el beso indestructible cuando la boca son alas,
alas que nos ahogan mientras los ojos se cierran,
mientras la luz dorada está dentro de los párpados.

Ven, ven, huyamos quietos como el amor;
vida como el calor que es todo el mundo solo,
que es esa música suave que tiembla bajo los pies,
mundo que vuela único, con luz de estrella viva,
como un cuerpo o dos almas, como un último pájaro.

Fröhlicher Kuß, achtlose Taube,
Weiß zwischen den Händen, Sonne oder Wolke;
Herz, das nicht zu fliegen versucht, weil die Wärme genug ist,
genug der Flügel, glattgestrichen von schon lebendigen Lippen.

Den Tag fühlt man auswärts; nur die Liebe ist da.
Du und ich fühlen im Munde keimen, was nicht lebt,
was der unzerstörbare Kuß ist, wenn der Mund zu Flügeln geworden,
Flügeln, die uns ersticken, während die Augen sich schließen,
während das goldene Licht innen unter den Lidern ist.

Komm, komm, laß uns fliehen, ruhig wie die Liebe;
Leben wie die Wärme, welche die ganze Welt allein ist;
welche diese sanfte Musik ist, die unter den Füßen bebt,
Welt, die einzig fliegt, mit dem Licht eines lebendigen Sterns,
wie ein Körper oder zwei Seelen, wie ein letzter Vogel.

Basta, basta.

Tanto amor en las aves,
en esos papeles fugitivos que en la tierra se buscan,
en ese cristal indefenso que siente el beso de la luz,
en la gigante lámpara que bajo tierra solloza
iluminando el agua subterránea que espera.

Tú, corazón clamante que en medio de las nubes
o en las plumas del ave,
o en el secreto tuétano del hueso de los tigres,
o en la piedra en que apoya su cabeza la sombra.

Tú, corazón que dondequiera existes como existe la muerte,
como la muerte es esa contracción de la cintura
que siente que la abarca una secreta mano,
mientras en el oído fulgura un secreto previsto.

Di, qué palabra impasible como la esmeralda
deslumbra unos ojos con su signo durísimo,
mientras sobre los hombros todas, todas las plumas
resbalan tenuemente como sólo memoria.

Di, qué manto pretende envolver nuestro desnudo,
qué calor nos halaga mientras la luz dice nombres
mientras escuchamos unas letras que pasan,
palomas hacia un seno que, herido, a sí se ignora.

La muerte es el vestido.
Es la acumulación de los siglos que nunca se olvidan,
es la memoria de los hombres sobre un cuerpo único,
trapo palpable sobre el que un pecho solloza
mientras busca imposible un amor o el desnudo.

Genug, genug.

Soviel Liebe in den Vögeln,
in diesen flüchtigen Papieren, die auf dem Boden sich suchen,
in dieser wehrlosen Glasscheibe, die den Kuß des Lichtes fühlt,
in der riesigen Lampe, die unter der Erde schluchzt
und das unterirdische Wasser erleuchtet, das wartet.

Du, schreiendes Herz, das inmitten der Wolken
oder in den Federn des Vogels,
oder in dem geheimen Mark des Gebeins der Tiger,
oder in dem Stein, woran der Schatten sein Haupt lehnt.

Du, Herz, das du überall da bist, wie der Tod da ist,
wie der Tod dieses Zusammenziehen der Taille ist,
die fühlt, daß eine geheime Hand sie umspannt,
während im Ohr ein vorhergesehenes Geheimnis aufblitzt.

Sag, welches Wort, fühllos wie der Smaragd,
ein paar Augen blendet mit seinem steinharten Zeichen,
während über die Schultern alle, alle die Federn
sanft hinabgleiten, sanft wie nur ein Erinnern.

Sag, welcher Mantel unseren nackten Leib zu umhüllen sucht,
welche Wärme uns schmeichelt, während das Licht Namen sagt,
während wir Buchstaben anhören, die vorbeiziehn,
Tauben auf dem Weg zu einem Schoß, der, verwundet, sich nicht kennt.

Der Tod ist die Kleidung.
Er ist die Anhäufung der Jahrhunderte, die niemals vergessen werden,
er ist das Gedächtnis der Menschen, lastend auf einem einzigen Körper,
greifbarer Lappen, über dem eine Brust schluchzt,
während sie hilflos eine Liebe sucht oder den nackten Leib.

No mientas cabelleras diáfanas, ardientes goces,
columnas de pórfido, celestiales anhelos;
no mientas un cuerpo dichoso rodeado por la luz
como esa barca joven que desprecia las ondas.

No engañes con tu tibieza de astro reluciente
– fuerte valor para buscar la vida,
para trazar la germinante estela
donde el amor como la leche fluye.

No.
La realidad votiva aspira a ese jardín de palmas
donde los seres convertidos en lanzas
todavía te buscan, azul topacio u oro
que te escapas sin cielo por otros paraísos.

Amar el cuello enfebrecido
que roto al pie de un mármol solo
retiene su sangrienta llamada
como ese corazón que contiene su anhelo.

El frenesí de la luna y los besos,
mezclados como sangres en la puerta cerrada,
donde claman los puños de los que nunca vivieron,
de los que muertos mutilados flotan en aguas frías.

Paraíso de lunas sajadas con desvío,
con filos de vestidos o metales dichosos,
aquellos que no amaron porque sabían siempre
que el polvo no circula ni sustituye a la sangre.

Amar a esa luz violeta los párpados cerrados,
donde un ave no puede guarecer su temblor,
donde todo lo más algún pétalo frío
amanece de nácar imitando a lo vivo.

Lüge keine lichtdurchschimmerten Haare vor, keine glühenden Wonnen,
Säulen aus Porphyr, himmlische Sehnsüchte;
lüge keinen glücklichen Körper vor, umringt vom Licht
wie dieser junge Nachen, der die Wellen mißachtet.

Täusche nicht mit deiner Lauigkeit widerleuchtenden Gestirns
Kühnheit vor, den Mut, das Leben zu suchen,
die keimende Kielspur zu ziehen,
wo die Liebe wie die Milch in Strömen fließt.

Nein.
Die wunschhafte Wirklichkeit erstrebt jenen Palmengarten,
wo die Wesen, zu Lanzen verwandelt,
dich noch immer suchen, blauer Topas oder Gold,
dich, der du entfliehst ohne Himmel durch andere Paradiese.

Lieben den fiebernden Hals,
der gebrochen zu Füßen eines einsamen Marmorbilds
verhält seinen blutigen Schrei
wie jenes Herz, das seine Sehnsucht zügelt.

Die Raserei des Mondes und die Küsse,
vermengt wie Blutspuren an der verschlossenen Tür,
wo die Fäuste derer brüllen, die nie gelebt haben,
derer, die als verstümmelte Tote in kalten Wassern treiben.

Paradies von Monden, aufgeschnitten mit Widerwillen,
mit den Schneiden von Kleidern oder glücklichen Metallen,
jenen, die nicht geliebt haben, weil sie immer wußten,
daß der Staub nicht als Kreislauf fließt und das Blut nicht ersetzt.

Lieben die geschlossenen Lider in diesem violetten Licht,
wo ein Vogel sein Zittern nicht bergen kann,
wo höchstens irgendein kaltes Blütenblatt
zutage kommt als Perlmuttglanz, der das Lebendige nachahmt.

Esa pesada puerta jamás girará.
Un rostro o un peñasco, una canción o un puente
milenario
unen el hilo de araña al corazón del monte,
donde la muerte vida a vida lucha
por alumbrar la pasión entre el relámpago que escapa.

Una mano del tamaño del odio,
un continente donde circulan venas,
donde aún quedaron huellas de unos dientes,
golpea un corazón como mar encerrado,
golpea unas encías que devoraron luces,
que tragaron un mundo que nunca había nacido,
donde el amor era el chocar de los rayos crujientes
sobre los cuerpos humanos derribados por tierra.

Diese schwere Tür wird sich niemals drehn.
Ein Gesicht oder ein Felsbrocken, ein Lied oder eine tausendjährige
Brücke
verbinden den Spinnenfaden mit dem Herzen des Berges,
wo der Tod Leben gegen Leben kämpft,
um die Leidenschaft zu erleuchten unterm Blitzschein, der entweicht.

Eine Hand von der Größe des Hasses,
ein Kontinent, wo Adern im Kreise laufen,
wo noch Spuren von ein paar Zähnen geblieben,
schlägt ein Herz wie ein eingeschlossenes Meer,
schlägt Zahnfleisch, das Lichter verschlungen hat,
das eine Welt verschluckt hat, die nie geboren war,
wo die Liebe der Einschlag war von krachenden Strahlen
in die erdwärts geschleuderten Menschenleiber.

¡Ah! eres tú, eres tú, eterno nombre sin fecha,
bravía lucha del mar con la sed,
cantil todo de agua que amenazas hundirte
sobre mi forma lisa, lámina sin recuerdo.

Eres tú, sombra del mar poderoso,
genial rencor verde donde todos los peces son como piedras
        por el aire,
abatimiento o pesadumbre que amenazas mi vida
como un amor que con la muerte acaba.

Mátame si tú quieres, mar de plomo impiadoso,
gota inmensa que contiene la tierra,
fuego destructor de mi vida sin numen
aquí en la playa donde la luz se arrastra.

Mátame como si un puñal, un sol dorado o lúcido,
una mirada buida de un inviolable ojo,
un brazo prepotente en que la desnudez fuese el frío,
un relámpago que buscase mi pecho o su destino . . .

¡Ah, pronto, pronto; quiero morir frente a ti, mar,
frente a ti, mar vertical cuyas espumas tocan los
        cielos,
a ti cuyos celestes peces entre nubes
son como pájaros olvidados del hondo!

Vengan a mí tus espumas rompientes, cristalinas,
vengan los brazos verdes desplomándose,
venga la asfixia cuando el cuerpo se crispa
sumido bajo los labios negros que se derrumban.

Luzca el morado sol sobre la muerte uniforme.
Venga la muerte total en la playa que sostengo,
en esta terrena playa que en mi pecho gravita,
por la que unos pies ligeros parece que se escapan.

Ach, du bist es, du bist es, ewiger Name ohne Datum,
tobender Kampf des Meeres mit dem Durst,
Steilklippe aus lauter Wasser, die du drohst, dich herabzustürzen
auf meine glatte Form, Folie ohne Erinnerung.

Du bist es, Schatten des mächtigen Meeres,
genialischer grüner Groll, wo alle Fische wie Steine sind, die Luft
    durchsausend,
niederwerfende Wucht oder Bedrückung, die du mein Leben bedrohst
wie eine Liebe, die mit dem Tode endet.

Töte mich, wenn du willst, Meer aus erbarmungslosem Blei,
unermeßlicher Tropfen, der die Erde enthält,
Feuer, das mein ungeweihtes Leben zerstört,
hier auf dem Strand, wo das Licht heranschwappt.

Töte mich, als ob ein Dolch, eine goldne oder hellklare Sonne,
ein spitzer Blick aus einem unversehrbaren Auge,
ein übermächtiger Arm, an dem die Nacktheit Kälte wäre,
ein Blitz, der meine Brust suchte oder seine Bestimmung . . .

Ach, schnell, schnell! Ich will sterben, dich vor Augen, Meer,
dich vor Augen, senkrechtes Meer, dessen Schaumkronen die Himmel
    berühren,
dich, dessen himmlische Fische zwischen Wolken
wie vergessene Vögel der Tiefe sind!

Laß kommen, her zu mir, deine gischtend kristallenen Brecher,
her zu mir, die grün herniederdonnernden Arme,
her zu mir, das Atemstocken, wenn der Körper im Krampf sich krümmt,
verschwindend unter den schwarzen Lippen, die im Schwall herabstürzen.

Es leuchte die dunkelviolette Sonne über dem gleichförmigen Tod.
Es komme der völlige Tod auf dem Strand, den ich stütze,
auf diesem irdischen Strand, der lastet auf meiner Brust,
über den flinke Füße zu entfliehen scheinen.

Quiero el color rosa o la vida,
quiero el rojo o su amarillo frenético,
quiero ese túnel donde el color se disuelve
en el negro falaz con que la muerte ríe en la boca.

Quiero besar el marfil de la mudez penúltima,
cuando el mar se retira apresurándose,
cuando sobre la arena quedan sólo unas conchas,
unas frías escamas de unos peces amándose.

Muerte como el puñado de arena,
como el agua que en el hoyo queda solitaria,
como la gaviota que en medio de la noche
tiene un color de sangre sobre el mar que no existe.

Ich will die Rosenfarbe oder das Leben,
ich will das Rot oder sein rasendes Gelb,
ich will diesen Tunnel, wo die Farbe sich auflöst
in dem trügerischen Schwarz, mit dem der Tod im Munde lacht.

Küssen will ich das Elfenbein des vorletzten Stummseins,
wenn das Meer sich hastig zurückzieht,
wenn auf dem Sand nur noch ein paar Muscheln bleiben,
ein paar kalte Schuppen von ein paar Fischen, die sich lieben.

Tod als die Handvoll Sand,
als das Wasser, das in der Kuhle einsam zurückbleibt,
als die Möwe, die inmitten der Nacht
eine Blutfarbe hat über dem Meer, das nicht da ist.

Vicente Aleixandre: dieser Name, heute weltberühmt, bezeichnet ein lebendiges, Person gewordenes Paradox. Er ist die Chiffre für die elementare Einheit des scheinbar Unvereinbaren. Er steht für die ebenso rätselhafte wie augenscheinliche Identität von ausharrender Zurückgezogenheit und täglicher, hellwacher Zuwendung, Krankenlager und Werkstatt, Desillusionierung und Hoffnung, Einsamkeit und unablässig geleisteter Kommunikation. Der Außenseiter als Zentralfigur, der Fixierte als Emissär, der kluge, konsequente, notgedrungene Diätetiker als Dichter hymnisch ausbrechender, schrankensprengender, grenzverachtender Bewegung: Vicente Aleixandre.

»Intimidad extensa« – die widersprüchliche Wortverbindung in seinem Gedicht »Sie liebten sich« ist vielleicht die Grundformel seiner Wirkungsmacht, der Hauptschlüssel für das Verständnis seines Wesens, seines Lebens, seines Werkes: »weitgebreitete Innigkeit«. Denn dieser Ausdruck, in dem die Vorstellung sich erfüllender Liebe kulminiert – besagt er nicht dasselbe wie der anscheinend so simple Fundamentalsatz der Poetik Aleixandres: »Der Dichter ist der Mensch.« Nicht die Einschränkung aufs Private der individuellen Existenz ist hier gemeint, sondern eine Ausweitung in der Durchdringung, eine Aufgabe, deren Erfüllung erst den umfassenden Namen der Gattung rechtfertigt. Gewiß, auch der Wille zur realistischen, sensiblen Bescheidung ist hier im Spiel, eine Distanzierung von dem Bild des Künstlers als Wundertier, eine Absage an die Adresse derer, die das Gedicht als absolutes, dem Leben enthobenes Gebilde zelebrieren – wichtiger jedoch ist die moralische Forderung an sich selbst, der bestimmende Impuls, der Dichtung und Liebe verbindet, wie es der Titel jener Rede tut, in der diese Maxime zum erstenmal erscheint, jener Rede nämlich, die Aleixandre 1949 bei seinem Eintritt in die Königlich-Spanische Akademie hielt: »En la vida del Poeta: el amor y la poesía«. Und diese Verbindung wiederum macht verständlich, weshalb der Autor in seinen Notizen zu einer Poetik aus dem Jahr 1950 (»Poesía, moral, público«) zu dem Schluß kommt: »Servir: la única libertad de la poesía« – »Dienen: die einzige Freiheit der Dichtung«.

Nun, nach Dienst, nach Genügsamkeit unterm freiwillig getragenen Joch, haben dem Leser des vorliegenden Bandes die darin versammelten Verse wohl nicht geklungen. Die soeben zitierte Parole artistisch-sozialer

Selbstverpflichtung erscheint ihm vielleicht geradezu als grotesk nach der Folge poetischer Eruptionen, die er lesend erlebt hat. Ist es nicht, im Gegenteil, der Wille zur radikalen, rasenden Selbstentfesselung, was Ton und Technik dieser Gedichte bestimmt? Hat der Dichter als Kommentator seiner selbst da nicht ein Hütchen moralistisch gefärbter Altersweisheit dem Feuerkopf aufgestülpt, der er einstens war?

Nein. Es ist keine nachträgliche Legitimation. Dies beweist die Tatsache, daß Aleixandre schon zwei Jahrzehnte zuvor, fünf Jahre vor der Erstpublikation von »La destrucción o el amor«, also 1930, in Gerardo Diegos berühmt gewordener Anthologie zeitgenössischer spanischer Lyrik den eigenen Versen ein paar wenige Zeilen zur Poetik seines Schaffens anfügt, in deren Mitte ein Satz steht, welcher dem obigen Postulat unbestreitbar verwandt ist: ». . . die Dichtung erscheint mir manchmal als Dienst; ein andermal als Ausweg zur einzigen Freiheit.«

Bedeutsam ist freilich, daß das, was später verkoppelt ist zur Einheit, hier als Dualität, als Wechselmöglichkeit, als zwei alternierende Erfahrungen gesehen wird. Und deren Diskrepanz hat wohl den unmittelbar folgenden Satz bedingt: »Doch sie (die Dichtung) eines Tages nicht mehr zu brauchen, wird mir vielleicht als die wahre Befreiung erscheinen.« Das legt den Verdacht nahe: Poesie als Lebenssurrogat. Aber zehn Jahre später schreibt derselbe Autor in einem Brief an Dámaso Alonso: »Du, der Du mich genau kennst, weißt, daß ich der Dichter oder einer der Dichter bin, auf die das Leben den stärksten Einfluß hat.« Den richtigen Kommentar dazu bieten wiederum drei Sätze aus der »Poetik« von 1930: »Das Leben – es – empfinde ich mehr und mehr als fordernd und tyrannisch; einzig. Das Leben, natürlich; nicht mein Leben. Und auch mein Leben.«

Zusammenhänge und Spannungen sind erkennbar, Konsequenzen und Widersprüche. Wer die Evolution des Werkes – und in ihm die einzelne Dichtung – begreifen will, wird vom Linienverlauf der Biographie nicht ganz absehen können, auch wenn der Autor die Bedeutung des privaten Schicksals halbwegs reduziert, auch wenn die Geschichte seiner Existenz keinerlei pittoreske Episoden und nichts an äußerer Dramatik bietet, ja eine extreme Armut an sichtbarer Bewegung aufweist.

Am 26. April 1898 wurde Vicente Aleixandre in Sevilla geboren, als Sohn eines Ingenieurs, der es im Dienst verschiedener spanischer Eisenbahngesellschaften zu einem bescheidenen Wohlstand brachte. Die bestimmenden Eindrücke seiner Kindheit aber stammen aus Málaga, der Stadt, in der das Kind neun Jahre lebte und zum Bewußtsein erwachte, der Stadt, die der Dichter später besang als »Ciudad del paraíso«:

Immer sehen dich meine Augen, Stadt meiner Meerestage.
Hängend am gewaltigen Berg, kaum aufgehalten
in deinem senkrechten Sturz zu den blauen Wogen,
scheinst du zu herrschen unter dem blauen Himmel, über den Wassern,
schwebend in den Lüften, als hätte eine selige Hand
dich gehalten, für einen Augenblick der Herrlichkeit, ehe sie dich
versenkt für immer in den liebenden Wellen . . .

Der Elfjährige übersiedelt mit seinen Eltern nach Madrid, der Hauptstadt, deren noch biedermeierlicher Verkehr es dem Jungen erlaubt, auf seinem Fahrrad wie im Flug durch die breiten Straßen zu sausen: ». . . ich erinnere mich genau, wie ich geheimnisvoll meine Flügel zusammenfaltete direkt an der Torschwelle der Schule.« 1913 macht er dort das Abitur und beginnt, da seine unüberwindliche Abneigung gegenüber der Mathematik eine direkte Nachfolge im väterlichen Beruf unmöglich macht, mit dem Studium der Rechte und der Wirtschaftswissenschaft. Die Ausbildung nimmt ihren ökonomisch-vernünftigen Gang, auch wenn der Student – wie schon der Schüler – des öfteren, statt zu den Pflichtlektionen zu gehen, sich Eskapaden zur Nationalbibliothek erlaubt; und obwohl im Sommer 1917, während des Ferienaufenthalts in einem kleinen Gebirgsdorf unweit von Ávila, eine Begegnung sich ereignet, deren Bedeutung spanische Literarhistoriker heute in durchaus nicht grundloser Euphorik mit dem Zusammentreffen von Juan Boscán und Andrea Navagiero in Granada vergleichen, also mit jenem historischen Moment, rund vierhundert Jahre früher, da ein Funke italienischer Renaissancepoesie nach Spanien übersprang und dort das schöne Feuer der Lyrik Garcilasos aufflammen ließ. In Las Navas del Marqués lernt Vicente Aleixandre einen gleichaltrigen Burschen kennen, der Straßenbauingenieur werden wollte, seiner Kurzsichtigkeit wegen aber zu eben dieser Zeit auf die Philologie umsattelte: Dámaso Alonso. Und dieser (der spätere Dichter der »Söhne des Zorns«) war es, der bei gemeinsamen Wanderungen durch die Pinienwälder der Sierra als erster mit Leidenschaft zu ihm von Lyrik sprach. Er gab ihm das erste Gedichtbuch in die Hand: Verse von Rubén Darío. Der dionysische Virus wirkte: »Jene wahrhaft jungfräuliche Lektüre war eine Revolution in meinem Geist.«

Bis dahin hatte der junge Aleixandre alles, was nach Versen aussah, vorsätzlich gemieden. Ein alberner »Leitfaden der Literatur« hatte früh diese Abwehrhaltung hervorgerufen, an der sich auch nichts geändert hatte, als der Halbwüchsige zu einem unersättlichen Leser wurde, der bei seinen heimlichen Ausflügen in die Nationalbibliothek Unmengen von Gedrucktem verschlang: fast den gesamten klassischen Bestand der erzählenden Literatur Spaniens aus dem neunzehnten Jahrhundert und einen Großteil der Romane und Novellen des beginnenden zwanzigsten Jahrhunderts, außerdem eine Masse von Dramen des Siglo de oro. »Doch ich erinnere mich, daß ich in den Theaterstücken nicht die Verse *las* – ich spürte, daß es Verse waren –. Ich suchte die Aktion, die menschliche Schicksalswendung, nicht die Sprache.« Der achtzehnjährige Gedichtverächter, der gern Historiker würde, ist also zugleich ein besessener Literaturenthusiast, Liebhaber von Schiller und Galdós, und darum in gewisser Weise reif für die poetische Infektion. »Gegen Ende jenes Sommers ›entdeckte‹ ich Antonio Machado, und etwas später Juan Ramón Jiménez. Kennzeichnendes Faktum: obwohl Darío der Enthüller meines Wesens war, meine ersten Verse, einige Monate danach, waren nicht mehr rubenianisch. Machado als erster und Juan Ramón Jiménez, das waren die großen Schatten, die, wie bei anderen Jungen meiner Generation, auf meinen ersten jugendlichen Versen lagen.«

Aleixandre hielt diese Versuche unter Verschluß: »Nicht aus Bescheidenheit; später habe ich begriffen, daß es Furcht vor dem Schmerz war.« Die Revolution im Geist änderte vorerst nichts am äußeren Lebensgang. 1919 absolviert Aleixandre das juristische Staatsexamen, erwirbt den Titel eines Betriebswirts, und noch im selben Jahr wird er Lehrer für Handelsrecht an der Escuela Central de Comercio in Madrid. So gering auch die Neigung zum Fach ist – der Unterricht macht ihm Vergnügen. Doch schon 1921 übernimmt er einen vom Vater vermittelten Posten in der Eisenbahnverwaltung, wird Mitarbeiter der »Semana Financiera« (Finanzwoche), in der er über ökonomische Fragen des Bahnverkehrs schreibt, und erstellt im Auftrag seiner Firma ein ausführliches Gutachten über die zu realisierende Altersversorgung für das Bahnpersonal.

Die Weichen für eine gutbürgerliche Karriere scheinen gestellt – da zerschlägt eine Krankheit jählings die gesamte Basis normaler Lebensführung und väterlich konzipierter Lebensplanung: den Siebenundzwanzigjährigen befällt eine Nierentuberkulose, die ihn zum Abbruch jeglicher Berufstätigkeit zwingt und zur Stille eines inkalkulablen Patientendaseins verdammt. Das Erlebnis tödlicher Bedrohung, hilfloser Ungewißheit, kläglicher Abhängigkeit ist zugleich ein tief verstörender Vorgang der Befreiung: das dichterische Selbstbewußtsein, bisher durch allerlei Befangenheiten zurückgehalten, verschleiert und gelähmt, wird zur klar erkannten Bestimmung, zur radikal bejahten Aufgabe. »Dieser totale Wandel entschied über mein Leben. Ich schrieb mein erstes Buch. Es wurde veröffentlicht . . .«

»Ámbito« (Umkreis) erschien 1928 in dem avantgardistischen Kleinverlag der von Emilio Prados und Manuel Altolaguirre herausgegebenen Zeitschrift »Litoral« in Málaga. Erst anderthalb Jahre zuvor war die Nummer 1 dieser mit Elan und Sorgfalt im Handpressenbetrieb gemachten Zeitschrift ausgeliefert worden. Sie enthielt Beiträge von Rafael Alberti, José Bergamín, Federico García Lorca, Gerardo Diego, Jorge Guillén und Emilio Prados. Einige Einzelgedichte, die Aleixandre etwa zur selben Zeit in Ortegas »Revista de Occidente« publizieren ließ, hatten Prados veranlaßt, den unbekannten Autor – der sich als Grundschulkamerad des Herausgebers entpuppte – zur Mitarbeit einzuladen.

Die schlanken Verse seines ersten Gedichtbuches lassen noch kaum die charakteristischen Züge der Wesensphysiognomie von Aleixandre erahnen. Die Kontur des Zeilen- und Strophenbaus ist von fast klassizistischer Klarheit und Regelmäßigkeit. Die Satzfügung zeigt das Verlangen nach abstrahierender Verknappung; einen Willen zur Kargheit, der die innere Vibration hinter anmutiger Sprödigkeit verbirgt.

Einen Autor von gänzlich anderer Sprache und Thematik schien vier Jahre später der zweite Gedichtband Aleixandres zu offenbaren: »Espadas como labios« (Schwerter wie Lippen). Dieses Buch ließ einen Bruch erkennen, der sich insgeheim schon 1928/29 vollzogen hatte und dessen Ausmaß erst sichtbar wurde, als 1935 »Pasión de la tierra« (Leiden der Erde oder Leidenschaft zur Erde) in Mexiko publiziert wurde, eine Sammlung von Prosagedichten. Statt der feingeschliffenen Facetten einer kristallinen Welt, wie sie in »Ámbito« präsentiert wurde, der Bilderstrudel des Sturzes in die Abgründe einer Innenwelt voll geheimer Schrecknisse und Entzükkungen: ein Ausbruch nach unten, wie der ursprüngliche Titel des Werkes sagt (Evasión hacia el fondo). »Eine Welt fast unterirdischer Bewegungen« – so kommentierte der Autor rückblickend –, »wo die unbewußten Elemente einer Vision des ursprünglichen Chaos dienten«, vernehmbar in der »tellurischen Stimme des elementaren Menschen«. »Es ist das Buch von mir, das dem Surrealismus am nächsten kommt.«

Bedeutsam ist, daß Aleixandre dieser Etikettierung die programmatische Erklärung folgen läßt, daß er sich dennoch nie als Surrealisten im orthodoxen Sinne verstanden habe, da er nie überzeugt gewesen sei von der Möglichkeit »automatischen« Schreibens und folglich zu keiner Zeit auf die künstlerische Bewußtheit verzichtet habe. Auch diese Versenkung ins Unerhellte ist getrieben von einem das Dunkel durchwühlenden Verlangen nach dem Licht – einer »Aspiration«, in welcher der Autor die immanente Grundtendenz seines gesamten Schaffens zu erkennen glaubt. Und er sieht es selbst als kennzeichnend an, daß er bereits beim Abschluß seiner Arbeit an »Pasíon de la tierra« (1929) eine heftige Sehnsucht nach Rückkehr zum Vers verspürte.

Was er – der sich wie seine Generationsgefährten Lorca, Alberti und Guillén 1927, beim dreihundertsten Geburtstag Góngoras, als Bewunderer der kühn-strengen Spracharchitektur des großen Cordobesen bekannt hatte – dann in »Schwerter wie Lippen« vorlegte, ist freilich alles andere als eine praktische Rehabilitierung traditioneller Metrik. (Trotz einigen makellosen Sonetten ist diese für immer in Randbezirke seines Schaffens verbannt geblieben.) Der »versículo«, die frei schwingende, atemgenaue, dem inneren Rhythmus gehorsame Zeilenfügung, ist von nun an das gültige Ausdrucksmedium. Noch bestimmen recht differenzierte Seelenbewegungen den eher vagen, selten zum »Thema« sich konkretisierenden Umriß der einzelnen Gedichte. Erst in »La destrucción o el amor« ist der künstlerische Glücksmoment einer spannungsvoll gehaltenen Balance von divergierenden Kräften erreicht: der Traum nimmt das Gewicht des Körpers an, die Wirklichkeit wird leicht und befiedert wie die Phantasie; das Nahe ist gleich dem Fernen, die Sterne sinken in die Hand, die Stirne ist der Stein, der Tod ein Leben, die Zärtlichkeit wie der Zorn.

»Die Zerstörung oder die Liebe«: nicht eine Alternative meint das »oder«

im Titel, sondern eine Gleichsetzung, eine Identität. Denn die Erfüllung der Liebe ist die Aufhebung des Ichs, die Entgrenzung des Einzelnen, Vernichtung der Individuation, glückhafter Untergang der Erscheinung in dem allumfassenden Dunkel, dem jede Gestalt entstammt und dessen reale Substanz nichts anderes ist als das Rasen erotischer Energien im Widerspiel von Sonderung und Vereinigung. Menschliche Liebe ist nur ein glühendes, unzulängliches Gleichnis für den Tod, die »letzte Geburt« (wie der Titel eines anderen Gedichtbandes lautet, den Aleixandre 1952 veröffentlicht hat: »Nacimiento último«).

Liebe ist das Leiden an den Rändern der Existenz – und doch zugleich die Lust an den Grenzlinien sichtbarer, fühlbarer Form. Die Wörter »borde« und »límite« wiederholen sich in den Texten Aleixandres mit auffallender Beharrlichkeit, und ihr Gebrauch ist stets aufs neue ambivalent. Die Differenz der Wertung entspricht dem Unterschied von Kleid und Haut. Hier Nacktheit, Natur, Berührung – dort Machwerk, Trennung, Lüge.

Der Impuls, aus dem dieser Hymnus auf die liebend-zerstörende Verwandlungskraft entstanden ist, zeigt sich vielleicht nirgends in solcher Schärfe wie in einem Gedicht aus »Espadas como labios«, aus dem Band also, der unmittelbar vorausging. Es heißt »El vals« – »Der Walzer«:

Du bist schön wie der Stein,
o Verstorbene;
o Lebendige, Lebendige, du bist glücklich wie das Schiff.
Dieses Orchester, das meine Sorgen
schwenkt wie eine Lässigkeit,
wie eine elegante Beredsamkeit voller Taktgefühl,
mißachtet den Flaum der Schamberge,
mißachtet das Lachen, das aus dem Brustbein kommt
  wie ein großer Dirigierstock.

Ein paar Kleiewellen,
ein bißchen Sägemehl in den Augen,
oder vielleicht auch an den Schläfen,
oder vielleicht die Frisuren schmückend;
lange Röcke, aus den Schwänzen von Krokodilen geschneidert;

ein paar Zungen oder Lächelfalten, aus den Panzern von Krebsen gemacht.
Alles, was hinreichend gesehen ist,
kann niemanden mehr überraschen.

Die Damen erwarten ihren Augenblick, sitzend auf einer Träne,
die Feuchtigkeit verhehlend kraft eines unermüdlichen Fächers.
Und die Herren, verlassen von ihren Hintern,
wollen gewaltsam alle Blicke auf ihre Schnurrbärte ziehen.
Aber der Walzer ist gekommen.
Er ist ein Strand ohne Wellen,
ist ein Zusammenrasseln von Muschelschalen, Absätzen, Schäumen oder Zahnprothesen.
Ist alles Umgewälzte, das herspült.

Üppige Brüste, kredenzt auf den Armen,
süße Torten, auf verweinte Schultern gefallen,
ein Schmachten, das überläuft,
ein Kuß, überrascht in dem Augenblick, da er zum »Engelshaar« wurde,
ein süßes »Ja« aus grünbemaltem Glas.

Ein Hauch von Zuckerstaub auf den Stirnen
verleiht den gefeilten Worten ein reines Unschuldsweiß,
und die Hände stocken, rundlicher denn je,
während sich runzeln die Kleider aus geliebtem Espartobast.

Die Köpfe sind Wolken, die Musik ist ein langgezogener Gummi,
die bleiernen Schleppen fliegen fast, und das Getöse
hat sich in den Herzen zu Sturzströmen aus Blut verwandelt,
zu einem Likör, einem zwar weißen Likör, der nach Erinnerung oder Zitat schmeckt.

Adieu, adieu, Smaragd, Amethyst oder Mysterium;
adieu, wie eine gewaltige Kugel ist gekommen der Augenblick,
der notwendige Moment der Nacktheit vom Scheitel bis zur Sohle,
da die Flaumhaare zu sticheln beginnen die schamlosen Lippen, die sie kennen.

Es ist der Augenblick, der Moment, auszusprechen das Wort, das
zerbirst,
der Moment, in dem die Kleider sich verwandeln werden in Vögel,
die Fenster in Schreie,
die Lichter in Hilferufe,
und dieser Kuß, der (in der Ecke) zwischen zwei Mündern war,
wird sich verwandeln in einen Stachel,
der den Tod austeilt, indem er sagt:
Ich liebe euch.

Eine groteske Genreszene aus dem Fin de siècle, hineingerissen in einen Wirbel von Musik, dissonantisch gescheckt von Sarkasmen und Spuren des Mitgefühls, explodierend schließlich in einem apokalyptischen Finale, das überraschend nicht die Fetzen der gesprengten Staffagewelt dem Gelächter vorwirft, sondern die Entblößten umarmt, den Tod als Liebe darbietet.

Das Begehren nach Nacktheit zielt nicht auf Beschämung und Verhöhnung, sondern auf Befreiung des Wirklichen durch die Zertrümmerung beengender Maskerade. Ein Ausbruch aus der lachhaft-rigiden Beschränktheit der Konventionen, ein Durchstoßen der Scheinrealitäten – der vehemente Gestus, mit dem die ihrer eigenen Schalheit überdrüssige Einsamkeit in »La destrucción o el amor« verzweifelt hoffend sich den Gewalten der ursprünglichen, ungezähmten, grausam-herrlichen Natur aussetzt.

Papier, Pappe, Textilien, Stricke sind in dieser Dichtung Synonyme für die Falschheit der Menschenwelt. Materialien aus dem Fundus eines Schmierentheaters, dessen Drapierungen mehr verstellen als darstellen. Dahinter die Welt des realen Chaos, der leibhaftigen Schönheit, der Elemente. Die Hierarchie des Gran teatro del mundo ist umgestürzt, seine Rollenverteilung außer Kurs gesetzt, oder richtiger: aus der Fixierung wieder in ungesteuerte Bewegung gebracht. Und da erscheint das Geringgeachtete als das Hohe, das Überschätzte als das Niedrige, das Ende als der Anfang. Tiere sind dem Wahren näher als der Mensch, und die Wirklichkeit der Pflanzen wird nur noch übertroffen vom Leben des scheinbar Unbelebten: den Steinen, den Sternen, dem Licht, dem Wasser. Aber nichts ist isoliert, nichts an seinen Ort gebunden. Gesetz ist nicht die Statik einer begrenzenden Ordnung, sondern allein die stetige Verwandlung des einen in das andere, die blitzhafte Verschmelzung der Erscheinungen in der gegenseitigen Durchdringung, die Liebe ist oder Tod, ein unaufhörliches Werden in niemals endendem Vergehen.

Die Metapher ist daher hier nicht Aufputz der dichterischen Rede, nicht der Versuch einer ornamentalen Erhöhung ihres Gegenstands, sondern der gemäße, gebotene Ausdruck einer Wirklichkeit, die einzig als Metamorphose erfahren wird, einer Welt, wo eines nur im anderen sich selbst erkennt. Und es entspricht einem radikaleren Realitätsprinzip, wenn der Autor in einem Brief erklärt: »Darum steigert sich die persönliche, das heißt: individuelle Liebe bei mir immer in Bilder einer Liebe, die überströmt zum Leben, zur Erde, zur Welt. Wie oft wird die Geliebte für mich eins mit der liebevollen Erde, die uns beide trägt! Im Grunde ist es nichts anderes als das Verlangen nach Vereinigung, deren Trugbild gleichsam die Liebe ist, das einzig mögliche im Leben, denn ihre Vollendung ereignet sich nur in der wahren Zerstörung durch Liebe: im Tod . . . Weiß man dies, so erklärt sich leicht meine Liebe zur Natur, meine Empfänglichkeit für die Lust der Sinne: Gesicht, Gehör usw; meine Anbetung der sichtbaren Schönheit, und sogar die Mystik der Materie, die unzweifelhaft in mir ist.«

Pedro Salinas, selbst ein großer Lyriker und Literaturwissenschaftler, der als einer der ersten die kapitale Bedeutung dieses Gedichtbuches erkannte, hat zur Interpretation den Begriff eines »pessimistischen Pantheismus« ins Spiel gebracht. Luis Cernuda, ein anderer hervorragender Poet, spricht von dem »verzweifelten Vitalismus«, der sich darin ausdrücke. Aleixandre selber betont (in einem Kommentar zu dem Auswahlband »Mis poemas mejores« von 1956), daß dieses Werk nicht dem Zustand der Krankheit entstammt. Der größte Teil von »La destrucción o el amor« sei Ende 1932 und im Laufe des Jahres 1933 geschrieben worden, nach einem schlimmen Rückfall seines Nierenleidens, »in einem wahren Wiedererwachen der Kräfte und der Lebenslust. Nur auf der Basis heiterer Ausgewogenheit, die der gesunde Körper ist, der Körper, ›den man nicht spürt‹, kann ich schöpferisch tätig sein . . . Darin bin ich gänzlich antiromantisch. Aus dem Fieber habe ich niemals auch nur eine Zeile schreiben können. Und die wunderbare ›Wohnung‹, der Körper, muß wirklich ihre vollkommene Ruhe haben, ehe er – ja, er – die Bewegung des Geistes beherbergt oder zuläßt. Gesundheit: Schaffen. Das scheinen mir Synonyme.« Er fügt hinzu, daß das

Buch weithin im Gebirge geschrieben worden sei, nördlich von Madrid (in Miraflores de la Sierra, wo der Vater für den gefährdeten Sohn eine Hütte erworben hatte). »Es ist möglich, daß man dies merkt.«

Was dort in der Einsamkeit entstand, fand alsbald lebhafte öffentliche Resonanz. Noch vor der Publikation des Buches wurde das Manuskript im Herbst 1933 mit der höchsten Ehrung ausgezeichnet, welche die spanische Republik zu vergeben hatte: dem Premio Nacional de Literatura. Noch heute gilt es – auch den nachfolgenden Generationen – als ein Gipfelwerk des »spanischen Surrealismus« oder der »spanischen Neoromantik«, neben Lorcas »El poeta en Nueva York«, Cernudas »Donde habite el olvido« und Nerudas »Residencia en la tierra«. Sein »Irrationalismus«, die Entschiedenheit einer Weltsicht, die den Menschen primär als Naturerscheinung begreift, hat nichts von ihrer Aktualität und provokatorischen Kraft verloren. Seine dunkle Schönheit ist unbestritten. Leopoldo de Luis, ein Lyriker der Nachkriegsgeneration, steht nicht allein mit der Überzeugung: »Für mich ist es das schönste Erzeugnis der gesamten surrealistischen Dichtung.«

Das Haus in einem nordwestlichen Randbezirk von Madrid, oberhalb der Universitätsstadt, am Hang, wo der Blick bis zum Guadarramagebirge schweifen kann, das schlichte zweistöckige Haus, in dem der Dichter seit nunmehr einem halben Jahrhundert wohnt – lange Zeit zusammen mit seinen Eltern, heute mit seiner Schwester –, wurde in jenen Jahren zu dem, was es noch heute ist: ein Treffpunkt der Schriftsteller und Künstler. Lorca, Alberti, Diego, Alonso, Neruda, Hernández gingen als Freunde dort ein und aus. Der Flügel, auf dem Lorca so oft spielte, steht freilich nicht mehr an seinem Platz – er wurde im Bürgerkrieg zerstört, als das stille Gartenwohnviertel zur Kampfzone wurde, wo Belagerer und Belagerte sich erbittert bekämpften.

Als die Niederlage der Republik dann die meisten der überlebenden Freunde ins Exil trieb, mußte der immer aufs neue von Krankheit Gefesselte bleiben. Und er wollte bleiben, das Schicksal seines Volkes teilen. Aus seinem Abscheu gegenüber der Diktatur und seiner Symphatie für die verlorengegangene Demokratie hat er nie einen Hehl gemacht. Nicht mit einer einzigen Zeile hat er diese Haltung kompromittiert. Auch dies hat dazu beigetragen, daß der Zurückgezogene, trotz vielen Jahren des Schweigens, der persönliche Orientierungspunkt, Freund und Helfer zahlreicher nachwachsender Autoren wurde. Nicht als fixe Größe, sondern durch die Kraft konsequenter Wandlung, die nie sich selber verrät und doch wach auf alle Vorgänge im Leben der Gemeinschaft reagiert.

Das erste Buch, das er nach der blutigen Zäsur publiziert, 1944, fünf Jahre nach dem Ende des Bürgerkriegs, ist eine strahlende Elegie: »Sombra del paraíso« (Schatten des Paradieses). Die Grundspannung des Werkes ist bereits in den zwei Begriffen des Titels annonciert: »Schatten« ist Synonym der Nicht-Existenz, des ausgestoßenen, erniedrigten Menschen; »Paradies« meint ein Universum in der frischen Helle der Schöpfungsmorgenröte, den Frühling der Erde. Das Ganze: ein Lobgesang auf das Licht, angestimmt im Bewußtsein der Dunkelheit, aus der Sicht des in düstere Gegenwart Verbannten. Erinnerung holt Bilder einer lichten Kindheit herauf. Autobiographisches, anfänglich scheinbar nur Folie für die Beschwörung einer in mythischer Unverderbtheit leuchtenden Welt, leitet über zu dem, was Gegenstand des großen Gedichtbandes wird, den er 1954 veröffentlicht: »Historia del corazón« (Geschichte des Herzens).

War früher die Auflösung des Ichs in die Einheit der vormenschlichen Natur, Treue zur Kreatürlichkeit, die Grundorientierung seines Dichtens, so ist es nun das von der Zeitlichkeit bestimmte, in die Geschichte vermengte Leben der Menschen, was den Einzelnen zur Solidarität bestimmt und die Form der poetischen Mitteilung entscheidend verändert: die Komplexität der Metaphernsprache wird zu schlichtester Klarheit, ohne den Reichtum ihrer rhythmischen Bewegtheit zu verlieren. Das vielleicht beredteste Zeugnis für diesen Wandel ist das Gedicht »Auf dem Platz«:

Schön ist es, schön bescheiden und vertrauensvoll, belebend und tief,
sich unter der Sonne fühlen, zwischen den andern allen, angetrieben,
getragen, geleitet, vermengt, geräuschvoll mitgerissen.

Nicht gut ist es,
am Ufer zu bleiben
wie der Damm oder wie die Molluske, die kalkig dem Fels zu
gleichen versucht.
Doch rein ist es und heiter, gelassen sich hinzugeben dem Glück
des Fließens und sich selbst zu entgleiten,

sich selbst zu finden in der Bewegung, mit der das große Herz der
Menschen im Weiten schlägt.

Wie der, der dort wohnt, ich weiß nicht, auf welchem Stock,
und den ich gesehen habe, wie er ein paar Treppen hinabstieg
und tapfer hineinging in die Menge und darin sich verlor.
Die große Masse zog vorüber. Aber erkennbar war das winzige Herz,
das hinzugeflossen.
Dort – wer würde es erkennen? Dort voll Hoffnung, mit Entschlossenheit
oder mit Glauben, mit ängstlicher Kühnheit,
mit schweigsamer Demut, dort trieb auch es vorbei.

Ein großer offener Platz war's, und es roch nach Dasein.
Ein Geruch nach großer, enthüllter Sonne, nach Wind, der ihn
kräuselte,
einem großen Wind, der seine Hand über die Köpfe gleiten ließ,
seine große Hand, der die vereinten Stirnen streifte und sie erfrischte.

Und da war das Geschlängel, das sich bewegte
wie ein einziges Wesen, ich weiß nicht, ob hilflos, weiß nicht,
ob machtvoll,
doch wirklich und wahrnehmbar, doch die Erde bedeckend.

Dort kann ein jeder sich sehen und kann sich erfreuen und kann sich
erkennen.
Jetzt, da im glühenden Nachmittag, allein in deiner Kammer,
mit den fremden Augen und dem Zweifel im Mund,
du dein Bild etwas fragen möchtest,

suche dich nicht im Spiegel,
in einem erloschenen Zwiegespräch, in dem du dich nicht hörst.
Geh hinunter, langsam hinunter und suche dich unter den anderen.
Dort sind alle, und du zwischen ihnen.
Oh entkleide dich und schmilz ein und erkenne dich.

Geh langsam hinein, wie der Badende, der furchtsam, mit viel Liebe
zum Wasser und Scheu,
zuerst seine Füße in den Wellenschaum taucht

und fühlt, wie das Wasser steigt, und schon es wagt, und fast schon dann sich entschließt.
Und jetzt, mit dem Wasser an der Hüfte, traut er sich immer noch nicht.
Aber er breitet seine Arme aus, öffnet endlich seine zwei Arme und gibt sich gänzlich hin.
Und da erfährt er seine Kraft, und er wächst und stürzt sich hinein,
und dringt voran und wirft Gischtkämme auf und springt und vertraut,
schlitzt auf und schlägt in den lebendigen Wassern und singt und ist jung.

So geh hinein, mit den nackten Füßen. Geh hinein ins Gebrodel, auf den Platz.
Geh hinein in die reißende Strömung, die dich verlangt, und dort sei du selbst.
O kleines, winziges Herz, das schlagen möchte,
damit auch es das einmütige Herz sei, welches das einzelne einholt.

Die Einheit alles Geschaffenen war die Leitvorstellung im Frühwerk des Dichters. Das Verlangen nach Identifizierung mit dieser Totalität der Natur ist Essenz und Antriebskraft der erotischen Sprache in »La destrucción o el amor«. Spiegelbildlich scheint sich in »Historia del corazón« dieselbe Bewegung zu wiederholen, im Bezug auf ein anderes Gegenüber: die Menschengemeinschaft. Zwei Aspekte eines einzigen Vorgangs, dessen Synthese der Dichter in einem neuen, sehr komplexen, sehr umfangreichen Werk unternahm, das 1962 erschien: »En un vasto dominio« (In einem weiten Bereich). Es zeigt jene Einheit, indem es die Geschichtlichkeit menschlichen Daseins verbindet mit der Darstellung der als Prozeß, als Aufgabe, als Werden in Erscheinung tretenden Materialität menschlicher Existenz, die nicht zu trennen ist von ihrer Spiritualität – sichtbar in der Evolution der Organe und Gliedmaßen des menschlichen Körpers, die zugleich die Untrennbarkeit von Vergangenem und Gegenwärtigem erweist: Einheit nicht nur der Materie, des räumlich Existenten, sondern auch der Zeit, aller Zeit.

Entgegen dem, was man nach dieser – in der Kürze wohl unvermeidlichen – Skelettierung der Thematik vermuten könnte, ist dieses Versbuch von erzählerischer Geduld und Genauigkeit geprägt, von der Sachlichkeit eines Blicks, der den Spiegel ignoriert, das Ich verläßt und um so treuer das Betrachtete erfaßt, in einem Realismus, der an Velázquez erinnert und als konstantes Widerlager jener expressiven Kräfte, die zum jähen Übersteigen des Gegebenen drängen, von jeher die Antinomie spanischen Geistes bestimmt.

Doch in den 1968 veröffentlichten »Poemas de la consumación« (Gedichte vom Ende oder Gedichte der Vollendung) überrascht der Siebzigjährige, dessen Stil man definitiv zu kennen glaubte – einen Stil, der sich als Hochebene von weitestem Horizont darzubieten schien, grenzenlos begehbar, übergenug für den Rest eines Lebens –, mit einer neuen Verwandlung seiner Sprache. Sie verkürzt sich, wird karg und in der Sprödigkeit der Notation, ja der Chiffrierung, rätselhaft suggestiv. Anklänge an die Metaphorik der Jugendwerke tauchen auf, gesetzt mit der Leichtigkeit letzter Nüchternheit, die es nicht nötig hat, ihre Irritationen zu verbergen. Der Modifizierung des Ausdrucks entspricht eine Veränderung des Inhalts, die Rückkehr zur Introspektion, zur Selbstbefragung, zu einer illusionslosen Betrachtung des eigenen Alterns. Die Gelassenheit der Einsicht artikuliert sich mit dem Schmerz der Vergeblichkeit; das Wissen des Alten, seine Weisheit, ist empfunden als der starre Gegensatz zum lebendigen Vorgang des Erkennens, des Kennenlernens in der Jugend: Maske des Todes.

Eine dritte Epoche des Werkes, voll innerer Dramatik, zeichnet sich ab, deren gänzlich neue poetische Machart und Intensität auch das bisher letzte Werk Aleixandres bezeugt, die »Diálogos del conocimiento« (Dialoge der Erkenntnis, 1974). In fünfzehn, meist sehr langen Gedichten führt der Autor jeweils zwei konträre menschliche Daseinsweisen und Erfahrungswelten vor, nicht eigentlich im Gespräch, sondern in »verflochtenen Monologen«, wie der Autor selber erklärt. Der Dichter leuchtkräftiger lyrischer Utopien, vor das Ende aller Projektionen gestellt, macht die Poesie zum Instrumentarium für die rigorose Erforschung der Möglichkeiten menschlicher Wahrheitsfindung – objektiv, aber nie in dürre Abstraktion verfallend, weil er nicht urteilt, sondern sieht und zum genaueren Sehen Figuren widerstreitender Erfahrung paarweise auf die innere Bühne holt, dicht konfrontiert, nicht für ein Duell, nein, in gegenseitiger Blindheit und doch fürs Spiel einer Begegnung auf Leben oder Tod.

Das »poetische Irisieren« bleibt – auch im letzten Ernst – das unentbehrliche Mittel der Mitteilung, und um diese geht es, wie Aleixandre sagte, in der Poesie: »Es ist keine Frage von Häßlichkeit oder Schönheit, sondern von Stummheit oder Kommunikation.« Und das wiederum bedeutet: ohne die Form, ohne die rechte, farbige, sichtbare Erscheinung bliebe auch das Tiefgedachte nur geschwätziger Ersatz. »Es gibt keine häßlichen oder hübschen Wörter in der Dichtung, sondern nur lebendige oder tote Wörter.«

Aleixandre hat die Macht des lebendigen Worts. Sie beruht – wie das Werk aus fünf Jahrzehnten beweist – auf der Kraft einer Bereitschaft zur konsequenten Wandlung. Befragt nach den Dichtern, die er am meisten liebe, antwortete er: »Diejenigen, deren Entwicklung eine ganze Lebenskurve beschreibt. Zum Beispiel Properz, Quevedo, Yeats.« Er selber ist für solche Leistung ein Exempel.

Sich selber fragend, was er seiner Lyrik für die Zukunft wünsche, antwortete er – daß einer, der vielleicht noch den Hals danach dreht, nicht ganz unberechtigt zu dem Urteil käme: »In seiner Zeit blieb er nicht ganz am Rand der lebendigen Strömung der Dichtung. Er hat Verbindung gehalten mit einem Gestern und ist keine Blockierung gewesen für das Morgen.«

Der weithin zur äußeren Selbstisolierung Genötigte steht in der Tat nicht am Rande. Der von Jugend an Kranke ist treibende Kraft. Der Verlauf seiner eigenen dichterischen Entwicklung hat die dominanten Linien der Geschichte spanischer und lateinamerikanischer Lyrik während eines halben Jahrhunderts vorgezeichnet, mit einer dauerhaft beispielstiftenden Intensität, die sich vielleicht nur mit derjenigen Pablo Nerudas vergleichen läßt. (Eine Parallelität des Wachstums und der Wandlungen beider liegt auf der Hand.) Und sein Ruhm unter der literarischen Jugend Spaniens ist, wie Dámaso Alonso schon 1950 erklärte, »nicht Ruhm, nein: Enthusiasmus, Raserei, Anbetung«. Seit den vierziger Jahren stellt er – so fährt Alonso fort – »die gleiche Attraktion dar, die für uns in den zwanziger Jahren Juan Ramón Jiménez bedeutete«. Daß die Schwedische Akademie Ende 1977 Vicente Aleixandre mit der Verleihung des Nobelpreises für Literatur ehrte, wirkte daher in den Ländern spanischer Sprache nicht als Überraschung, nicht als Kaprice, sondern als späte, längst fällige Bestätigung.

Wer hierzulande noch immer in ihm einen Artisten des Abseitigen vermutet, sollte die Konfession zur Kenntnis nehmen, die Aleixandre seinem Buch »En un vasto dominio« vorangestellt hat, das Gedicht: »Para quién escribo« – »Für wen ich schreibe«:

Für wen ich schreibe – fragte mich der Chronist, der Journalist oder einfach der Neugierige.

Ich schreibe nicht für den Herrn im geschniegelten Sakko, nicht für seinen gereizten Schnurrbart, nicht einmal für seinen mahnend erhobenen Zeigefinger zwischen den traurigen Wellen von Musik.

Auch nicht für das Fahrzeug, noch für seine verborgene Dame (zwischen Glasscheiben, wie ein kalter Blitz, das freche Funkeln der Lorgnette).

Ich schreibe vielleicht für die, die mich gar nicht lesen. Diese Fräu, die durch die Straße läuft, als eilte sie, um der Morgenröte die Tür zu öffnen.

Oder diesen Alten, der einnickt auf der Bank dieses kleinen Platzes, während die sinkende Sonne liebevoll ihn nimmt, ihn umringt und sanft ihn auflöst in ihren Strahlen.

Für alle die, die mich nicht lesen, die sich nicht kümmern um mich, aber doch für mich sorgen (obwohl sie mich nicht kennen).

Dieses kleine Mädchen, das im Vorbeigehn mich anschaut, Gefährtin meines Abenteuers, indem sie lebt auf der Welt.

Und diese Alte, die, hockend an ihrer Tür, Leben gesehen hat, entbindend vielerlei Leben, und müde Hände.

Ich schreibe für den Verliebten; für den, der vorüberging mit seiner Angst in den Augen; für den, der ihn hörte; für den, der im Vorbeigehn nicht aufsah; für den, der schließlich niederstürzte, als er fragte und niemand ihn hörte.

Für alle schreibe ich. Für die, die mich nicht lesen, schreibe ich vor allem. Für jeden einzelnen, und für die Menge. Und für die Brusthöhlen und für die Münder und für die Ohren, wo – ohne daß sie mich hören –
mein Wort ist.

II

Aber ich schreibe auch für den Mörder. Für den, der mit geschlossenen Augen sich auf eine Brust stürzte und Tod aß und sich nährte, und im Wahnsinn aufstand.

Für den, der sich reckte wie ein Turm der Empörung, und herniederbrach auf die Welt.

Und für die toten Frauen und für die toten Kinder, und für die sterbenden Männer.

Und für den, der heimlich die Gashähne aufdrehte, und die ganze Stadt kam um, und am Morgen lag da ein Haufen von Leichen.

Und für das unschuldige Mädchen, mit seinem Lächeln, seinem Herzen, seiner zarten Medaille, und ein Heer von Plünderern ging drüberhin.

Und für das Heer der Plünderer, das davonpreschte in einem Endgalopp und versank in den Wassern.

Und für diese Wasser, für das unendliche Meer.

Oh, nicht für das unendliche. Für das endliche Meer, mit seiner fast menschlichen Begrenztheit, wie eine lebendige Brust.

(Ein Kind geht jetzt hinein, ein Kind badet darin, und das Meer, das Herz des Meeres, ist in diesem Puls).

Und für den letzten Blick, für den höchst begrenzten Letzten Blick, in dessen Schoß jemand schläft.

Alle schlafen. Der Mörder und der, welcher Unrecht erlitt, der
Ordnungshüter und das Neugeborene, der Verblichene und der
Feuchte, der Willensdürre und der Stachlige, aufgesteilt wie ein Turm.

Für den Drohenden und den Bedrohten, für den Guten und den
Traurigen, für die Stimme ohne Stofflichkeit
und für allen Stoff der Welt.

Für dich, Mensch ohne Vergöttlichung, der du, ohne sie schauen zu
wollen, diese Buchstaben liest.

Für dich und alles, was in dir lebt,
bin ich am Schreiben.

Konfession? Programm? Sozialfrommes Wunschdenken? – Wer will, mag von einer Mystik der Kommunikation reden. Vielleicht aber macht dieser Text verständlich, was es bedeutete, als der Fünfunddreißigjährige mit Entschiedenheit erklärte: »Nein, die Dichtung ist keine Frage von Wörtern.«

Gewiß ist, daß Intention und Haltung, Werk und Wirkung im Leben Aleixandres sich mit seltener Reinheit decken. Dienst und Freiheit der Poesie sind darin eins. »Der Dichter ist der Mensch.«

Fritz Vogelgsang

INHALT

1

2

3

ELEGIEN UND ELEGISCHE GEDICHTE